A la orilla del viento...

"La Verdad debe desconcertar paulatinamente
O todo hombre será ciego…"

Del poema número 1129
de Emily Dickinson

JUDITH ORTIZ
COFER

ilustraciones de
Felipe Ugalde

traducción de
Juan Elías Tovar Cross

Una isla como tú
Historias del barrio

Para mi familia aquí y en la isla

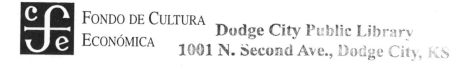

FONDO DE CULTURA
ECONÓMICA

La autora desea agradecer a las siguientes personas por leer manuscritos, escuchar las historias y por su interés en este libro: su paciente y sabia editora, Melanie Kroupa; su agente, Liz Darhansoff; sus colegas y amigos, Betty Jean Craige y Rafael Ocasio; su familia, Fanny Morot Ortiz, Basi Morot y Nilda Morot, y, como siempre, John, Tanya y Kenneth por su apoyo.

En 1994, "Una hora con el abuelo" fue seleccionada por el Proyecto de Ficción Asociado para transmitirse en el programa de radio "El sonido de la escritura". "Aquella que mira" fue incluida en el *Alaska Quarterly Review*, en la antología de otoño de 1994, *Long Stories, Short Stories & True Stories*.

Día en el Barrio

Viajas en una onda sonora
que se derrama de la rocola de ladrillo ceniciento
    del Building
con la salsa resonando de los estéreos por las ventanas abiertas,
donde los hombres llevan camisetas blancas fosforescentes
y se cuelgan, doblados sobre los marcos, para echarles piropos
a las muchachas que pasan de prisa,
y abanican el calor de la acera con el vaivén de sus faldas,
cruzando en fila el traicionero puente
de las piernas del borrachín, en su lugar de siempre.

Y Cheo, el bodeguero, barre los escalones
de su tienda y le dice a la mujer desconfiada
que puso las manos en las caderas, que los plátanos verdes
son difíciles de conseguir. Todos saben que es tramposo.

Pero en su bodega uno siempre encuentra
  el mejor bacalao fresco,
los mejores plátanos, y los mejores chismes.

Al final del día,
escalas los siete pisos hasta el oasis de la azotea,
muy por encima del ruido de la ciudad, donde puedes pensar
al ritmo de tu propia banda. Notas discordantes suben
con el tráfico de las cinco, se suavizan con un bolero al ocaso.
En compañía de las palomas, observas a la gente allá abajo,
que fluye en corrientes en la calle donde vives,
cada uno está solo en medio de la multitud,
cada uno es una isla como tú.

JUDITH ORTIZ COFER

La mala influencia

❖ CUANDO ME mandaron a pasar el verano en casa de mis abuelos en Puerto Rico, sabía que iba a ser extraño, aunque no sabía qué tan extraño. Mis padres me dieron a escoger entre un retiro para niñas católicas y la isla, con los papás de mi madre. Vaya opción. Podía elegir entre desayunar, comer y cenar con las Hermanas de la Caridad en un convento perdido en medio del bosque —alejado del "hermoso" centro de Paterson, Nueva Jersey, que era donde yo quería pasar el verano—, o arroz y frijoles con los viejos en el campo, en la isla de mis padres.

En toda mi vida había visto a mis abuelos sólo una vez al año, cuando íbamos a pasar dos semanas de vacaciones con ellos y, a decir verdad, siempre estaba en la playa con mis primos y dejábamos que los adultos se quedaran sentados tomando su café con leche, sudando y contando chismes de gente que yo no conocía. Esta vez no iban a estar mis primos para juntarme con ellos; faltaban casi tres meses para que el resto de la familia tuviera vacaciones. Iba a ser un verano largo y caluroso.

¡Qué digo caluroso! Cuando me bajé del avión en San Juan era como si hubiera abierto la puerta de un horno. De inmediato quedé empapada en sudor y sentí como si estuviera respirando agua. Para empeorar las cosas, me encontré con papá Juan, mamá Ana y una docena de personas ansiosas por abrazarme y hacerme un millón de preguntas en español... que no es mi mejor idioma. Los otros eran vecinos, sin nada mejor que hacer que venir a recogerme al aeropuerto en una caravana de autos. Mis amigos de Central High School se hubieran muerto de risa de ver a las mujeres abanicándose los rostros brillosos mientras se peleaban por cargar mis maletas y por quién se iba a sentar junto a quién en los autos, para recorrer el trayecto de quince minutos hasta la casa. Alguien me puso una bebita morena y regordeta en el regazo y, aunque traté de ignorarla, se me acurrucó como un koala y se durmió. Sentí cómo se inflaba y desinflaba su pequeño pecho y acompasé mi respiración a la suya. Me senté en el asiento trasero del auto *sub*compacto, *sin* aire acondicionado de papá Juan, entre doña Fulana y doña Zutana, y empecé a practicar el zen. En el avión había leído en una revista sobre una técnica para bajar la presión sanguínea concentrándote en la respiración, así que decidí intentarlo. Mi abuela se volvió con una expresión preocupada y dijo:

—Rita, ¿tienes asma? Tu mamá no me lo dijo.

Antes de que pudiera responder, todos empezaron a hablar al mismo tiempo y a contar historias de asmáticos. Seguí respirando profundamente, pero no me sirvió. Para cuando llegamos a casa de mamá Ana, tenía un dolor de cabeza terrible. Me excusé con mi comité de recepción, le entregué la bebita húmeda a su abuela (era una bebita muy linda) y me fui a acostar al cuarto donde papá Juan había dejado mis cosas.

Por supuesto que no había aire acondicionado. La ventana estaba abierta de par en par, y justo afuera, encaramado en la barda que separaba nuestra casa de la de los vecinos como por veinte centímetros, había un gallo colorado. Cuando lo miré, empezó a quiquiriquiar a todo pulmón. Cerré la ventana, pero aún así lo oía; luego alguien prendió una radio, bien *fuerte*. Metí la cabeza debajo de la almohada y decidí suicidarme, sudando a morir. Debo haberme quedado dormida, porque cuando abrí los ojos vi a mi abuelo sentado en la silla afuera de mi ventana, que otra vez estaba abierta. Le acariciaba las plumas al gallo, y parecía susurrarle algo al oído. Al fin se dio cuenta de que me había despertado y estaba sentada en la orilla de mi cama de cuatro postes, que se hallaba como a tres metros del piso.

—Estabas soñando con tu novio —me dijo—. No era un sueño agradable. No, creo que no era muy bueno.

Magnífico. Mi madre no me había dicho que mi abuelo estaba senil. Pero *sí* había soñado con Johnny Ruiz, quien era una de las razones por las que me habían enviado a pasar el verano lejos de casa. Decidí que se trataba de una simple coincidencia. ¿Pero qué no tenía derecho a mi intimidad? ¿Acaso no había cerrado la ventana de mi cuarto?

—Papá —dije decidida—, creo que tenemos que hablar.

—No hace falta hablar cuando puedes ver el corazón de la gente —dijo, poniendo al gallo en el marco de mi ventana—. Éste es Ramón. Es un buen gallo y tiene a las gallinas felices y poniendo, pero tiene un problemita del cual ya te darás cuenta. No sabe distinguir la hora muy bien. Para él, el día es noche y la noche es día. Le da igual, y se pone a cantar cuando le da la gana. Ahora que esto en sí no es malo, ¿entiendes? Pero a veces molesta a la gente. Entonces tengo que venir a calmarlo.

No podía creer lo que escuchaba. Era como si estuviera en un episodio repetido de *Viaje a las estrellas* en que la realidad es controlada por un extraterrestre y no sabes, sino hasta el final del programa, por qué te están pasando cosas tan raras.

Ramón saltó al cuarto y después a mi cama; extendió las alas y se puso a quiquiriquiar como loco.

—Te está dando la bienvenida a Puerto Rico —dijo mi abuelo. Decidí irme a sentar a la sala.

—Te preparé un té especial para el asma. —Mamá Ana entró con una taza de un brebaje verde que olía a rayos.

—No tengo asma —traté de explicarle. Pero ya me había puesto la taza en las manos e iba camino al televisor.

—Ya va a empezar mi telenovela —anunció.

Cuando empezó el tema musical, con unos violines que sonaban como gatos apareándose, mamá Ana subió el volumen al tope. Siempre he sospechado que todos mis parientes puertorriqueños están un poco sordos. Se sentó en la mecedora junto al sofá en donde yo estaba acostada. Todavía me sentía como un fideo mojado, por el calor.

—Tómate tu *guarapo* antes que se te enfríe —insistió, con la mirada clavada en la pantalla del televisor, donde una muchacha lloraba por algo.

—Pobrecita —dijo con tristeza mi abuela—. Ese miserable de su marido la dejó sin un centavo, y tiene tres criaturas y otra en camino.

—Dios mío —refunfuñé. En serio que iba a ser como *La dimensión desconocida*. Ninguno de los viejos podía distinguir entre la realidad y la fantasía: papá con su lectura de sueños y mamá con sus telenovelas. Tenía que hablarle a mi madre para decirle que había cambiado de idea sobre el convento.

Pero, para eso, primero tenía que encontrar un teléfono: la telefónica todavía no les vendía a mis abuelos el concepto de las telecomunicaciones. A ellos les bastaba con escribir cartas y mandar un telegrama cuando alguien se moría. El teléfono más cercano estaba en casa de una vecina, una simpática señora gorda que te miraba mientras hablabas. El verano pasado había tratado de hablarle a una amiga desde allí. En la misma habitación de donde hablé, se desarrolló otra conversación: un comentario paralelo de lo que la nieta entendía que yo decía en inglés. A ambas les había parecido que escucharme era una buena oportunidad para que ella practicara el inglés. Mi madre me explicó que no lo hacían por maldad. Era sólo que la gente en la isla no sentía la misma necesidad de privacía que las personas en el continente. "Los puertorriqueños son más amigables. Para ellos, tener secretos entre amigos es una ofensa", me dijo.

Mi abuela me explicó los problemas de la mujer de la telenovela. Se había tenido que casar porque se enamoró de un villano que la obligó a probarle su amor. "Tú sabes cómo." Después la había encerrado, separándola de su familia. "¡Ay, bendito!", exclamó mi abuela cuando el malvado marido volvió a casa y empezó a exigir su comida y una muda de ropa. Dijo que iba a salir con los muchachos. Pero no. A mi abuela no la engañaba. Tenía otra mujer. Estaba segura. Le habló a la mujer que lloraba en la pantalla:

—Mira —le aconsejó—, abre los ojos y date cuenta de lo que está pasando. Hazlo por tus hijos. Deja a ese hombre. Vuelve a casa con tu mamá. Es una buena mujer, aunque la has herido y está enferma. Quizá sea cáncer. Pero verás que los acepta, a ti y a los niños.

—¡Aaaay! —gemí.

—Siéntate y tómate tu té, Rita. Si no te mejoras para mañana, tendré que llevarte con mi comadre. Prepara los mejores laxantes de yerbas en toda la isla. De todas partes vienen a comprarlos, porque la mayoría de la gente padece por tener el sistema tapado. Lo limpias como una cañería, ¿entiendes? Lo echas todo fuera y luego te vuelves a sentir bien.

—Me voy a acostar —anuncié, aunque apenas eran las nueve: mucho antes de mi hora acostumbrada de ir a la cama. Desde mi cuarto, oía a Ramón.

—Buena idea, hija. Mañana Juan tiene que hacer un trabajo en la playa, una mujer cuya hija no quiere comer ni levantarse de la cama. Creen que es cosa espiritual. Tú y yo iremos con él. Tengo antojo de cangrejo, y podemos agarrar algunos.

—¿Agarrarlos?

—Sí, cuando salgan de sus hoyos y caigan en nuestras trampas. Nos llevamos unas cazuelas y los cocemos allí mismo, en la playa. Vas a ver qué sabrosos.

—Ya me voy a acostar —repetí como zombi. Agarré vuelo desde la puerta y me eché a la cama, vestida. Afuera de mi ventana, Ramón quiquiriquiaba; la vecina gritó: "Ana, Ana, ¿crees que lo vaya a dejar?", y mi abuela le respondió: "No. Pienso que no. Si está perdida por él".

Cerré los ojos y traté de transportarme a mi cuarto, en casa. Cuando tenía mi propio teléfono, a veces le hablaba a Johnny en la noche, a escondidas. Él tenía práctica de basquetbol por las tardes, así que no podíamos hablar más temprano. Estaba desesperada por estar con él. Jugaba en el equipo de la Eastside High School y era un muchacho muy popular. Así fue como nos conocimos: en un juego. Había ido con mi amiga Meli, de la Central, porque su novio también estaba en el equipo de la Eastside. Aunque él era anglo; en realidad era italiano, pero parecía puertorriqueño. Ninguno de los dos se moría por conocer a nuestros padres, y ellos no nos dejaban salir con ningún muchacho a cuyos padres no conocieran, así que Meli y yo teníamos que ir a verlos a escondidas después de los juegos.

El que un muchacho te invite a salir no es un concepto que los adultos del barrio "capten". Se supone que debes conocer a un muchacho del barrio, y sus padres y los tuyos debieron haber ido juntos a la escuela, y todos saben todo sobre todos. Pero Meli y yo íbamos bien, hasta que Joey y Johnny nos invitaron a pasar la noche en casa de Joey. Los Molieri andaban de viaje, así que estaríamos solos. Meli y yo pasamos días hablando sobre esto, hasta que se nos ocurrió un plan. Era arriesgado, pero creímos que podríamos salirnos con la nuestra. Cada una dijo que iba a pasar la noche en casa de la otra. Lo habíamos hecho muchas veces y nuestras madres nunca hablaban para confirmar que ahí estuviéramos. Sólo nos decían que llamáramos si teníamos algún problema. Bueno, pues resultó que a la mamá de Meli le dieron unas agruras tremendas y pensó que era un infarto, así que su marido llamó a mi casa. Por poco le da un infarto de verdad cuando se enteró de que Meli no estaba allí. Llamaron a la policía y despertaron a todos nuestros conocidos. Cuando la hermanita de Meli soltó el nombre de Joey Molieri, bajo presión, los cuatro salieron de inmediato hacia el lado oeste de Paterson, a las dos de la mañana, y al llegar empezaron a golpear la puerta como desquiciados. Los muchachos pensaron que era una redada contra drogas. Pero yo sabía, y cuando vi el rostro aterrorizado de Meli, supe que ella también sabía lo que nos esperaba.

Después de eso nos pusieron bajo arresto domiciliario y ni siquiera nos dejaron usar el teléfono, lo cual me parece que es ilegal. En fin, fue un verdadero lío. Así fue como me dieron mis dos opciones para pasar el verano. Y como era de esperarse elegí la mejor: tres meses con dos viejos locos y un gallo demente.

Lo peor de todo es que ni siquiera me lo merecía. Mi madre me interrogó sobre lo que había pasado entre *ese muchacho*, como ella lo llamaba, y yo. Nada. Acepto que lo estaba pensando. Johnny me había dicho que yo le gustaba y que quería invitarme a salir, pero que por lo general salía con chicas mayores y se acostaba con ellas. Al parecer se había puesto de acuerdo con Joey sobre lo que nos iban a decir, porque Meli y yo intercambiamos apuntes en el baño de la escuela, y a ella le había dicho lo mismo.

Pero nuestros padres nos habían caído cuando aún lo discutíamos. ¿Lo haría? ¿Tener un novio como Johnny Ruiz? Puede salir con cualquier chica, blanca, negra o puertorriqueña. Pero me dijo que era muy madura para tener casi quince años. Después del embrollo, pude hablarle a escondidas una noche en que mi madre olvidó desconectar el teléfono y guardarlo bajo llave, que era lo que había estado haciendo cuando me dejaba sola en el departamento. Johnny me dijo que mis papás estaban locos, pero que me daría otra oportunidad cuando volviéramos al colegio en el otoño.

—Mañana nos levantamos temprano. —Mi abuela estaba parada en la puerta de mi cuarto. Había entrado sin llamar, por supuesto—. Nos vamos a levantar como los pollos, para que podamos agarrar los cangrejos cuando el sol los haga salir. ¿Está bien?

Luego se vino a sentar en la cama, lo cual no fue muy fácil porque era casi de su tamaño.

—Me da mucho gusto que estés aquí, mi niña. —Me agarró la cabeza y me plantó un beso en la mejilla. Olía al café con leche hervida y azúcar que los nativos beben por litros, a pesar del calor. Estaba pensando que a mi abuela se le había olvidado que ya casi cumplía quince años y que tendría que recordárselo.

Pero luego se puso seria y me dijo:

—Cuando tenía tu edad conocí a Juan. Nos casamos al año siguiente y empecé a tener hijos. Ahora están todos regados por los Estados Unidos. ¿Alguna vez te conté que quería ser bailadora profesional? A tu edad ya ganaba concursos y viajaba con una orquesta de mambo. ¿Tú bailas, Rita? Deberías, ¿sabes? Es difícil estar triste cuando tus pies se mueven con la música.

Me sorprendió bastante lo que me contó mamá Ana sobre sus aspiraciones de ser bailadora y su boda a los quince años, y hubiera querido que me contara más cosas, pero en ese momento papá Juan también entró a mi cuarto. Supuse que habría fiesta, así que me levanté y prendí la luz.

—¿Dónde está mi botella de agua bendita, Ana?

—En el altar de nuestro cuarto, señor —respondió—, como siempre.

Claro está, pensé, el agua bendita está en el altar, que es donde todos ponemos nuestras botellas de agua bendita. Debo haber hecho un ruido extraño, porque ambos voltearon a verme, preocupados.

—¿Es el asma otra vez, Rita? —Mi abuela me tocó la frente—. Vi que nc te acabaste el té. Te voy a preparar otra taza en cuanto ayude a tu abuelo a preparar sus cosas para mañana.

—No estoy enferma. Por favor. Sólo un poco cansada —dije con firmeza, esperando que captaran mi mensaje. Pero tenía que saber—. ¿Qué va a hacer mañana? ¿Exorcizarle los demonios a alguien o qué?

Se miraron como si la loca fuera *yo*.

—Tú explícale, Ana —dijo mi abuelo—. Yo tengo que prepararme para este trabajo.

Mi abuela volvió a la cama, se encaramó y empezó a contarme que papá era un médium, un espiritista. Tenía dones especiales —*facultades*— que había descubierto en su juventud, y le permitían asomarse a las mentes y corazones de los demás, a través de plegarias y sueños.

—¿Sacrifica pollos y cabras? —Había oído hablar de los sacerdotes vudú que entraban en trance y cubrían a todos de sangre y de plumas en ceremonias secretas. En nuestro vecindario vivía un haitiano negro, y la gente decía que hasta podía revivir a los muertos y hacerlos sus esclavos zombis. Siempre había el reto de llamar a su puerta para ver qué encerraba el sótano donde vivía, pero nunca conocí a nadie que se hubiera atrevido a hacerlo. ¿A dónde me había enviado mi madre? Iba a volver a Paterson como una muerta viviente.

—¡No, Dios mío, no! —gritó mamá Ana, se persignó y besó la cruz que llevaba colgada—. ¡Tu abuelo trabaja con Dios y Sus santos, no con Satanás!

—*Perdón* —dije, pensando que habían hecho mal en mandarme aquí sin un manual de instrucciones.

—Mañana verás cómo ayuda Juan a la gente. Esta muchacha a la que le va a hacer el trabajo, dejó de comer. No quiere hablar con su madre, que fue quien nos llamó. Tu abuelo verá qué es lo que aflige su espíritu.

—¿Y por qué no la llevan con un... —no sabía cómo decir "loquero" en español, así que dije—: con un doctor para personas locas?

—Porque no todas las personas que están tristes o tienen problemas están locas. Si el cerebro está enfermo, es una cosa, pero si lo que sufre es el alma... a veces Juan los puede ayudar. Puede contactar a los guías, es decir, a los espíritus que se ocupan de la persona enferma, y a veces le enseñan lo que debe hacer. ¿Entiendes?

—Ajá —dije.

Me plantó otro beso y se fue para ayudarle a su marido a empacar su equipo de cazafantasmas. Finalmente me quedé dormida pensando en Johnny y en cómo sería ser su novia.

"Levantarse como los pollos", significó que a las cuatro de la mañana mis abuelos se habían levantado y conversaban a voz en cuello. Metí la cabeza bajo la almohada, esperando que se olvidaran de mi presencia en la casa. Pero no tuve suerte. Mamá Ana entró en mi cuarto, encendió la luz del techo y quitó la sábana. Hacía años que mis propios padres no se atrevían a entrar así a mi cuarto. Normalmente me hubiera puesto furiosa, pero estaba tan cansada que ni eso podía hacer, así que me acurruqué y decidí aprovecharme de ciertas cosas.

—Ahhh... —gemí, como si me faltara el aire.

—Hija, ¿qué tienes? —Mamá parecía tan preocupada que por poco abandono mi pequeño plan.

—Es el asma, mamá —dije en una voz débil—. Yo creo que con tanta emoción me puse peor. Creo que voy a tomarme mi medicina y a quedarme en cama hoy.

—¡Por supuesto que no! —dijo, y puso su mano, que olía como la menta fresca de su jardín, sobre mi frente—. Me voy a quedar contigo y le voy a pedir a mi comadre que venga. Te va a preparar un té que te va a limpiar el sistema, como si fuera...

—Una cañería tapada —la ayudé a terminar su enunciado—. No, voy con ustedes. Ya me siento mejor.

—¿Estás segura, Rita? Tu salud me importa más que cualquier pobre muchacha que esté enferma del alma. Y tampoco necesito comer cangrejo. De vez en cuando me dan estos antojos, ya sabes, caprichos, como de mujer embarazada, ja, ja. Pero se me pasan luego.

De algún modo nos las arreglamos para dejar la casa antes de que saliera el sol y apretujarnos en el subcompacto, cuyo mofle debió haber despertado a media isla. ¿Por qué nadie se queja de la contaminación sonora?, pensé antes de quedarme dormida en el diminuto asiento trasero.

Cuando abrí los ojos, me cegó el resplandor del sol que entraba por las ventanas del auto; y cuando mis ojos volvieron a la normalidad, pude ver que nos habíamos estacionado junto a una casa que estaba en la mera playa. No era una casa como todas. Parecía un enorme pastel de cumpleaños rosa y blanco. En serio, estaba pintada de rosa pastel, con una franja blanca y tejas blancas. Tenía una terraza todo alrededor, de modo que realmente parecía un pastel de varios pisos. Si yo me pudiera comprar una casa así, la pintaría de un color más serio. Quizá de morado. Pero por acá todos se vuelven locos por los colores pastel: el verde limón, el azul celeste y el rosa claro: colores de guardería.

Sin embargo, el mar era increíble. Estaba a unos cuantos metros y parecía irreal. El agua era azul turquesa en algunos lugares y azul oscuro, casi negra, en otros; supuse que allí sería más profunda. Me habían dejado sola en el auto, así que miré alrededor para ver si los viejos andaban por ahí. Primero vi a mi abuela, allá a lo lejos del lado izquierdo de la playa, donde empezaba a formarse una curva, metida hasta la rodillas en el mar, arrastrando algo con una cuerda. "Agarrando cangrejos", pensé. Necesitaba estirarme, así que caminé hasta ella. Aunque el sol ya era una pelotita blanca en el cielo, el calor todavía no era insoportable. De hecho, con la brisa que soplaba, era casi perfecto. Me pregunté si habría manera de que me dejaran aquí. Después recordé el "trabajo" que mi abuelo había venido a hacer. Miré la parte superior del pastel, donde supuse que estaría la recámara, para ver si no salía nada volando por las ventanas. La mañana me parecía una hora extraña para que pasaran cosas raras, pero por más que me esforcé no pude sentir nada especial en ese momento. Había mucho sol y la playa estaba desierta, salvo por una anciana que violaba los derechos civiles de las criaturas marinas y los míos.

—¡Mira, mira! —gritó mamá Ana, al sacar una especie de jaula del mar. De entre los barrotes salían tenazas que se cerraban como tijeras. Parecía muy orgullosa, así que aunque no estaba de acuerdo con el destino de sus prisioneros le dije "qué impresionante", o alguna tontería parecida.

—Habrá que hervirlos bastante antes de que podamos hincarles el diente —dijo, con la mirada calculadora de un asesino despiadado—, pero verás qué banquete nos daremos, aquí en la playa.

—No hay prisa —le dije, y me dirigí a la palmera más cercana. Aquí las palmeras crecen junto al agua. Era un paisaje indómito, como debió haber sido cuando llegó Colón. Si no veías la casa rosada, te podías imaginar que estabas en una isla tropical desierta. Me acosté en una de las toallas grandes que mi abuela había traído, y al poco tiempo ella vino y se sentó muy cerca de mí. Sacó un termo de una bolsa y dos tazas de plástico. Sirvió café con leche, que por lo general aborrezco porque sabe como leche superdulce con un poquito de café para darle color o algo. Aquí nadie te pregunta si tomas el café con crema o azúcar: el café *es* crema y azúcar, en noventa y nueve por ciento. Si quieres. Pero a esa hora, en la playa, me supo muy bien.

—¿Donde está papá? —Sentía curiosidad por saber qué estaba haciendo en la casa rosada, y quién vivía en ella.

—Tiene una sesión con la señora y su hija. La pobre niña no está muy bien. Pobrecita. Pobre criaturita. La vi cuando lo ayudé a meter sus cosas en la

mañana. Parece un esqueleto. Apenas tiene dieciséis años y ya hizo sus maletas para irse al otro mundo.

—¿Tan enferma está? Quizá deberían llevarla al hospital.

—¿Cómo andas del asma, mi amor? —preguntó, como si de pronto hubiera recordado mi propia enfermedad.

—Muy bien. Me siento muy bien del asma. —Me serví otra taza de café—. ¿Y por qué no llaman a un doctor para que la vea? —Me estaba volviendo experta en mantener conversaciones sobre un mismo tema, por lo menos con una persona—. Exactamente, ¿cuáles son sus síntomas?

—Hay un hombre en la casa —dijo, ignorando mi pregunta por completo—; no es su papá. Es un hombre al que se le ve la mala influencia en la mirada.

Movió la cabeza e hizo *tsk, tsk* con la boca. Esta telenovela de la vida real empezaba a ponerse interesante.

—¿O sea que es una mala influencia para la chica?

—Es difícil de explicar, hija. Una mala influencia es algo que perciben las personas con sensibilidad espiritual cuando llegan a una casa. Juan y yo nos quedamos helados cuando entramos —dijo, indicando la casa rosada con la cabeza.

—A lo mejor es el aire acondicionado —dije.

—Y el sentimiento de maldad se hizo más fuerte cuando ese hombre extraño entró al cuarto —añadió.

—¿Quién es?

—El novio de la madre.

—¿Y ahora qué va a pasar?

—Todo depende de lo que decida Juan, de lo que le encuentre a la casa. La madre no está muy estable. Tiene dinero que le dejó su marido anterior, así que estas mujeres no sufren ninguna privación material. Afortunadamente para la criatura, la señora es creyente.

—¿Por qué?

—Porque es posible que tenga que hacer varias cosas, si no por ella misma, entonces por su hija; cuando una mala influencia se apodera de una casa, pues afecta a todos los que la habitan.

—Cuéntame qué puede pasar, mamá.

Era tan extraño que esta mujer acaudalada le hubiera pedido a mi abuelo que viniera a solucionarle sus problemas. Porque si las cosas andaban así de mal, lo normal hubiera sido que le hablaran a un loquero, ¿no? Pero aquí le hablaban al médico brujo de la colonia, para que les diera una consulta a domicilio.

—Pues Juan se va a entrevistar con todas las personas que están bajo la mala influencia. Por separado. ¿Sabes?, para que no confundan sus historias. Luego decidirá a qué espíritu contactar para pedirle su ayuda.

—Ah —dije, como si todo esto me pareciera de lo más lógico. En realidad, lo que mamá había dicho no me parecía demasiado emocionante para tratarse de un acontecimiento sobrenatural. Es decir, hasta que mencionó lo de ponerse en contacto con los espíritus.

—En la mayoría de los casos en que un espíritu inquieto o malvado se posesiona de una casa, es cuestión de averiguar qué quiere o qué necesita.

Luego hay que ayudarlo a encontrar su camino hacia Dios, hay que darle una salida, hay que darle luz. La casa queda purificada de la mala influencia y vuelve la paz.

Nos quedamos en silencio unos minutos, pues al parecer mi abuela creyó haberme explicado todo a la perfección, y yo trataba de comprender algo del abracadabra que acababa de escuchar. Pero me distraje viendo como centelleaba el reflejo del sol en el agua. Me sentía bastante bien. "Ha de ser la cafeína", pensé.

—Ven. —Mi abuela me jaló de la mano; para ser una ancianita, estaba bastante fuerte—. Tenemos que sacar la comida.

Así que pasamos algún tiempo recogiendo las trampas de cangrejo. No me dejó tocar los cangrejos, porque no sabía cómo agarrarlos. "Te pueden arrancar un dedo", me explicó de lo más tranquila. Así que me fui a caminar por la playa. Resultó ser parte de una caleta; por eso el agua era tan tranquila y casi no había olas. Hasta me encontré unas conchas de mar. Esto era nuevo para mí, porque la playa pública a la que acostumbraba ir con mis primos, se barría cada mañana, y recogían la basura con todo lo que había en la playa. Sólo quedaba la arena, hasta que se cubría de latas vacías, bolsas de plástico, pañales desechables y tantas otras cosas que la gente deja como un regalito para la Madre Naturaleza tras pasar el día en la playa. Pero esto era otra cosa. ¿Cómo podía ser tan infeliz la muchacha de la casa rosada, si todos los días se despertaba aquí?

Me senté en una roca junto al mar, cuya superficie era tan lisa y cómoda que me hubiera podido pasar todo el día sentada en ella. Miré mar adentro, y de pronto vi algo saltar del agua. No uno sino dos o tres ¡delfines! Como en Sea World. Saltaban, daban una especie de vuelta en el aire, y se volvían a sumergir. No lo podía creer. Corrí hasta donde estaba mi abuela, preparando algo en una enorme cazuela negra sobre una fogata. Parecía la bruja guisando algo sabroso para Hansel y Gretel. Llegué sofocada, lo cual la hizo fruncir el ceño (otra vez el asma), y le conté lo que acababa de ver. No sabía cómo decir delfín en español, así que dije *Flipper.*

—Ah, sí, *Fliperr* —dijo, eternizando la erre, como hacen aquí—. Delfines —supo a qué me refería—. Les gustan estas aguas, no hay pescadores, más que yo, *ja, ja.*

No quise asomarme a la cazuela, de la cual provenían sonidos extraños.

"Qué impresión", pensé. Delfines. No podía esperar para contárselo a Meli. Había visto delfines salvajes.

Mamá Ana me dio un emparedado, y después de comérmelo, me quedé dormida sobre la toalla. Desperté con la voz de papá Juan. Fingí seguir dormida para poder escuchar la versión sin cortes de las cosas raras que pasaban en la casa rosada. Mamá Ana había montado una tienda, con cuatro palos y una sábana. Estaba ocupada sobre la fogata, echando cosas a la cazuela. Ya me estaba dando hambre. No sé qué cocinaba, pero olía delicioso. Papá Juan anotaba cosas en una libreta, con un lápiz que mojaba una y otra vez. Los estaba viendo con los ojos entrecerrados, sin moverme. Mamá Ana habló primero:

—Es ese hombre, ¿verdad? —habló en voz muy baja. Me imagino que para no despertarme. Apenas si los podía oír.

—Le dije a la madre que hay que hacerle una limpia a la casa. La mala influencia se posesionó de la muchacha, pero el mal ya se esparció por todas partes. Es una casa muy fría.

—Yo también lo sentí —dijo mamá, mientras se persignaba.

—El hombre es el agente. Trajo sus malas mañas a la casa. Asustó a la niña, aunque ella no me quiso decir cómo.

—Le vi un moretón en el brazo.

—Sí.

Mi abuelo dejó la libreta y pareció entrar en un estado de trance o algo. Cerró los ojos y soltó la cabeza. Sus labios se movían. Miré a mamá para ver qué hacía, pero siguió cocinando como si nada. Luego él agitó la cabeza como si tratara de despertar, y volvió a anotar en su libreta.

—¿Ya decidiste qué hacer? —Mamá vino a sentarse junto a él y se asomó a la libreta para ver qué había anotado. Asintió con la cabeza, estaba de acuerdo con lo que había leído.

—Le diré a la madre que no debe permitir que este hombre entre en la casa. Luego le voy a preparar las yerbas, para que el martes y el viernes pueda limpiar la casa y fumigar.

—¿Y qué hay con la niña? —preguntó mamá. Pensaban juntos, como dos doctores que discuten sobre un paciente.

—La voy a tratar con un poco del té de la comadre. También le voy a decir que la única forma de librarnos del mal que hay en la casa, es con su ayuda. Va a tener que trabajar con su madre.

—La mujer no va a querer deshacerse del hombre.

—Ana, vas a tener que ayudarme a que entienda cuáles serían las consecuencias si no lo hace. Es creyente. Y aunque ha sido mal aconsejada, ama a su hija.

—Tenemos que traer la luz a esta casa, Juan.

—La niña vio a Rita desde la ventana. Me preguntó quién era —dijo mi abuelo—. Vamos a mandarla para que invite a Ángela a comer.

—Buena idea —dijo mamá.

"Magnífico", pensé, "estupenda idea. Me van a mandar por la niña de *El Exorcista*...", qué buena manera de arruinar mi día en la playa.

—¡Rita! ¡Hija! —gritó mamá—. ¡Hora de levantarse!

La casa también era rosa pálido por dentro. La mujer que abrió la puerta me sorprendió. Se veía muy elegante, llevaba un vestido blanco de verano. Su rostro me parecía conocido. Debo habérmele quedado viendo, porque me dijo:

—Soy Maribel Hernández Jones —como si debiera reconocer su nombre. Al ver que no lo reconocí, añadió—: quizá me hayas visto en la televisión. Salgo anunciando pasta de dientes.

Eso era. Habían pasado su anuncio como cinco veces cuando vimos la telenovela.

—Yo soy Rita. Mi abuela desea saber si Ángela quiere venir a comer con nosotros.

La sonrisa se desvaneció y en su lugar apareció una expresión de tristeza, pero señaló una puerta cerrada al otro extremo de la sala. Era como una casa de muñecas. Todos los muebles eran blancos y parecía que nadie los usaba.

La muchacha debió haberme oído o quizás estuviera espiando, porque en cuanto llegué a su puerta salió disparada y me tomó de la mano. Antes de que siquiera la pudiera ver bien, ya habíamos salido de la casa. Era unos diez centímetros más baja que yo, y muy delgada. Tenía el pelo negro, largo, y su piel era muy hermosa, como bronceada. Pero aún así se veía cansada, como si llevara tiempo enferma.

—Perdón —dijo en inglés, lo cual me sorprendió—. Pero tenía que salir de allí. Soy Ángela.

Nos dimos la mano.

—Hablas inglés —le dije, y noté el enorme anillo que llevaba en uno de sus delgados dedos. También llevaba una pulsera de oro. Esta niña era rica.

—Mi padrastro era estadunidense —dijo—. Pasamos mucho tiempo en Nueva York con él, antes de que muriera.

—Ah —dije, pensando: "ya veo de dónde salió el dinero".

Mi abuela ya había puesto nuestros platos y tazones para el estofado de cangrejo que había guisado. Yo comí como bestia. En la playa siempre me da mucha hambre, aunque no nade. Ángela comió unos cuantos bocados y dejó su tazón. Mi abuela lo tomó y se lo volvió a poner en las manos.

—Me pasé todo el día atrapando cangrejos y cociéndolos, señorita. Así que me hace usted el honor de comer un poquito más.

No había quien la detuviera. Y se quedó sentada viendo a la pobre chica, quien hizo un esfuerzo tremendo para terminarse su plato. He aquí una nueva arma contra la anorexia, pensé: mi abuela.

Al poco tiempo la madre vino por su hija.

—Tenemos que hablar —dijo. Mamá y papá asintieron. Pude ver que era parte del plan. Yo estaba un poco desilusionada; había esperado pasar más tiempo con Ángela y obtener más información de la fuente. Ella me miró como si también quisiera quedarse un rato más. Entonces mamá Ana habló:

—En dos semanas le vamos a hacer una fiesta de quinceañera a Rita. Me gustaría que viniera Ángela.

Ángela sonrió y la besó en ambas mejillas. Mamá la abrazó como me abraza a mí, es decir, tan fuerte que ni puedes respirar. Al parecer, a la gente de aquí no le lleva mucho tiempo entrar en confianza.

Yo pensaba que lo de la fiesta había sido un invento de mamá en la playa, pero resultó que era en serio. Las dos semanas siguientes fueron más que nada la misma rutina de comer demasiado, tomar café, ver las telenovelas y acompañar a papá a dos trabajos, mas ninguno tan interesante como el de Ángela: uno resultó ser un simple caso de envidia entre dos hermanas que papá resolvió fácilmente con amuletos especiales tallados por él mismo; y el otro era un marido infiel, a quien le dijo que si no dejaba de perseguir a las mujeres se vería atormentado eternamente por el espíritu inquieto de un hombre que fue asesinado por su esposa. Aun así, mamá y yo encontramos tiempo para ir a comprar mi vestido, con dinero que mi abuela le pidió a mi madre, y a comprar comida y adornos para la casa. Me parecía bastante infantil, pero en la isla es muy importante cuando una muchacha cumple quince años. Me preguntaba a quién invitaría mi abuela, además de Ángela, porque en la isla sólo conocía a algunos parientes mayores, como ella. No hay problema, las fiestas son para todos, me explicó, los parientes mayores, los vecinos, los niños. Al parecer yo era sólo el pretexto para tener una fiesta.

Escogí un vestido de noche de satén azul, que mi madre jamás me hubiera dejado comprar. A mamá le pareció muy bonito, aunque tuvimos que poner un poco de papel de baño en mi sostén para llenar el corpiño.

La fiesta empezó un sábado a mediodía. Había una tonelada de comida en las mesas del patio, bajo el árbol de mango del que colgaban varias linternas japonesas que encenderíamos al anochecer, y un tocadiscos portátil —que debió haber tenido como unos cincuenta años— listo para arrancarse con la salsa. Yo tenía algunas cintas con música *buena* que había traído para mi *walkman*, pero no encontré ni tocacintas ni estéreo. La gente llegó a la casa por montones, todos me abrazaban y me besaban. Me empezaba a doler la cabeza cuando se detuvo una larga limusina blanca frente a la casa. De ella bajaron Ángela y su madre. Me asomé para ver si el hombre de la "mala influencia" venía con ellas, pero el auto se fue. Hasta con chofer. Todos dejaron de hablar cuando la vecina boquifloja de mamá gritó: "¡Válgame Dios, es Maribel Hernández!" Antes de que pudiera entrar a la casa, se vio rodeada de gente. Vi a Ángela tratar de abrirse paso cortésmente a través de varias gordas sudorosas, le tendí la mano y la llevé a mi cuarto. Para podernos sentar, tuve que quitar a Ramón de mi cama, donde se disponía a quiquiriquiar. Ángela se rió del gallo loco, y pude ver que se veía distinta. Ya no tenía esa palidez verdosa bajo la piel. Seguía muy delgada, pero se veía más saludable. Me guiñó un ojo y dijo:

—Funcionó.

—¿Qué cosa? —No tenía idea de qué me estaba hablando.

Afuera de mi puerta, el nivel de ruido iba en aumento. La gente entraba a raudales al patio, que estaba frente a mi ventana. Vi a mamá Ana bailando como trompo en medio de un círculo de gente. Al terminar hizo una caravana y después se abrió paso entre la multitud de personas de baja estatura, como un pequeño tanque, camino a mi cuarto. Papá Juan llevaba a Ramón de un lado a otro, como si lo estuviera presentando con los invitados, o quizá evitando que alguien lo aplastara. Tengo que darle crédito: no parecía importarle hacer el ridículo. Pero la mayoría de las personas parecían considerarlo un gran hombre. Vi cómo miraba a cada invitado con sus bondadosos ojos cafés, y me pregunté si realmente podría leer sus mentes y sus corazones.

—La cura de tu abuelo. Mi mami y yo limpiamos la casa de arriba abajo. Ya no le queda ninguna mala influencia; es lo primero que hacemos juntas desde hace meses. Y lo mejor de todo es que lo echó a la calle.

—¡Rita, Rita! —Era mi abuela que me llamaba con gritos que se escuchaban a pesar del ruido de los invitados, los discos estridentes y el gallo histérico—. ¡Es hora de cantar *Feliz cumpleaños*!

Se veía sensacional con su vestido de fiesta rojo brillante, y parecía muy divertida. Tenía un talento especial para hacer que cada día se volviera una especie de fiesta. Tuve que reírme.

—No puedo creerlo —le dije a Ángela, dejándome caer sobre la cama y metiendo la cara bajo la almohada. Se rió conmigo y me quitó la almohada de la cara.

—Ya te acostumbrarás —me dijo—. Cómo me gustaría tener una abuela como la tuya. Las mías ya murieron.

—Si quieres te la presto —le ofrecí.

—Vamos —dijo. Las dos saltamos de la cama y por poco me rompo el cuello con mis tacones nuevos.

Con Ángela la fiesta fue muy divertida. También su madre parecía disfrutarlo, aunque la gente no la dejaba en paz pidiéndole autógrafos. Una persona le pasó una revista con el anuncio de pasta dental para que lo autografiara. Pero ella no dejó de sonreír.

Se quedaron hasta pasada la medianoche, cuando el último invitado se fue. Papá estaba roncando en la mecedora, y mamá y la madre de Ángela limpiaban la cocina. Ángela y yo platicábamos en mi cuarto. Acordamos vernos lo más posible antes de que yo tuviera que volver a Paterson. Y dijo que aun entonces iría a visitarme. Tenía dinero para viajar.

Durante las siguientes semanas pasé mucho tiempo en la casa rosada. Hasta me empezó a gustar el color. Le conté a Ángela sobre Johnny Ruiz, aunque no había pensado mucho en él, o por lo menos no tanto, en el último mes. Me dijo que le parecía un muchacho problemático. "¿Una mala influencia?", sugerí. Las dos nos reímos al pensar en Johnny asediado por un fantasma inquieto. Todo el asunto con él y Joey Molieri, y el enredo con Meli y mis padres, empezaba a parecerme como una película que había visto hacía mucho tiempo. Y un día, mientras caminábamos por la playa después de la comida, me contó lo difícil que había sido su vida, mudándose de un lugar a otro mientras su madre se esforzaba por hacer carrera en la televisión. Había pasado mucho tiempo con niñeras, sobre todo después de que su padre las abandonó, cuando Ángela tenía cinco años.

—¿Y dónde está? —le pregunté.

—Vive en Nueva York con su nueva familia. Pienso ir a verlo cuando vaya a visitarte. Mi madre sólo le permite venir a vernos una vez al año. Pero he estado hablando con ella, y cree que ya tengo edad para cuidarme sola. No es que él sea malo, ¿ves?, pero a veces bebe de más. Así es como empezaron las dificultades entre ellos.

Luego me contó del señor Jones, un hotelero muy rico. Les había dejado la casa rosada y mucho dinero al morir en un accidente de aviación hacía un año. Ángela dijo que había sido un buen tipo, aunque no se interesaba demasiado por ella ni por nada, excepto por hacer dinero. Pero al hombre que verdaderamente detestaba era al novio que recién acababa de ser expulsado por el "espíritu del mal". Ángela se rió al decir esto, pero luego se puso seria cuando me contó que había sido horrible. Entonces su madre le había hablado a don Juan —como llamaba a mi abuelo— para pedirle consejo.

—Tu madre parece una mujer inteligente —dije—. ¿Realmente cree en todo eso de los espíritus malignos y las casas embrujadas?

—No es la única, Rita. ¿No ves que hizo falta que viniera alguien con poderes especiales para sacar la mala influencia de mi casa?

Me miró muy seria un minuto; luego se empezó a reír.

—¡Ven! —Echó a correr hacia la casa—. ¡Ya va a empezar la telenovela y van a pasar el nuevo anuncio de mi mamá!

Mi familia llegó a principios de agosto. Fuimos a recogerlos en tres autos, y con dos autos más tras el comité de recepción. En el aeropuerto, mi madre no me quitaba la vista de encima. Actuaba como si temiera acercárseme mucho.

Sólo había recibido noticias mías a través de su madre —puesto que nunca me acordé de escribirles a mis padres— y debió haber pensado que mamá Ana exageraba al escribirle que me la estaba pasando muy bien y que no había tenido un ataque de asma en semanas. Nunca entendieron muy bien lo del asma, y mi madre pensó que era uno de mis trucos. Algo me conocía. Finalmente decidí ceder un poco y fui a abrazarla.

—Mi amor, qué bronceada estás. ¿Has ido mucho a la playa?

No quería que pensara que todo había sido diversión, así que le dije:

—Algunas veces. ¿Has visto a Meli?

Me miró con una expresión un poco triste, que me asustó. Tampoco le había escrito a Meli, así que no sabía si se había muerto o qué.

—¿No sabes? Fue al retiro con las hermanas, y resultó que le gustó mucho. Así que el año entrante no va a ir contigo a *high school*. Lo siento, hija. Meli se cambiará a la High School Saint Mary, para el otoño.

Casi estallo en una carcajada. Vaya forma de castigarnos a Meli y a mí. Yo había pasado uno de los mejores veranos de mi vida con Ángela, y hasta estaba llegando a conocer a mis abuelos: la magnífica pareja de cazafantasmas. Últimamente me habían estado dando clases de médium, y ya había aprendido algunos trucos, como mirar muy de cerca a una persona y saber si algo la inquieta. Pude ver en los ojos de mi madre que tenía miedo de que la odiara por haberme mandado a la isla todo el verano. Y así debía ser, así que la dejé sufrir un poco. Pero luego me senté junto a ella en el auto de juguete de papá y la tomé de la mano, mientras mamá Ana le contaba todas mis intimidades, incluso el hecho de que me había curado el asma con un té especial que preparó. Miré a mi madre y le guiñé un ojo. Me dio un beso tronado en la mejilla que me dejó los oídos zumbando. Ahora ya sabía de dónde había sacado esa maña. Y como ya podía leer la mente de los demás, sabía lo que mamá Ana le contaría a mi madre, así que me recliné para pensar cómo le íbamos a hacer Meli y yo para juntarnos en septiembre. Dicen que los chicos del equipo de basquetbol de Saint Mary son guapísimos.❖

La huida de Arturo

❖ A VECES TENGO que salirme a caminar. Es una necesidad real. Creo que es una de las razones por las que todos piensan que soy extraño. Casi todos. Mis padres se preocupan por mí, pero creen que soy un regalo de Dios. Todos se equivocan sobre mí. Lo que soy es impaciente. A veces me siento atrapado, atrapado en una escuela que es como un manicomio, una rata atrapada en una ciudad que es como un laberinto; por mucho que camines o cuán lejos vayas, siempre acabas en el mismo lugar o por lo menos en un lugar igual a todos: edificios de apartamentos viejos que albergan a demasiada gente, bares con personas tristes que miran sus vasos, y tiendas con luces tan brillantes que te lastiman los ojos.

El único lugar que no me da dolor de cabeza es la vieja iglesia a la que todavía va mi madre, donde hice mi primera comunión: la iglesia de Saint Joseph. Conozco al anciano que hace la limpieza en las noches, y me deja entrar. A esas horas sólo se ve la luz roja que marca la salida de emergencia y las velas encendidas por la gente en el servicio vespertino. El anciano, Johann, dice que hay que dejarlas en paz. No se pueden apagar porque son plegarias y peticiones que ha hecho la gente. Actúa como si estuviera cuidando la antorcha olímpica o algo así. Pero lo entiendo. No sería correcto apagar una vela que alguien encendió por una razón especial: sería como robarse un deseo.

Conocí a Johann una noche que me encontró sentado en los escalones afuera de la iglesia. Había decidido irme de Paterson y estaba haciendo planes. Creo que lo asusté con mi pinta de *punk*. Eso fue en mi etapa de pelo morado y ropa de cuero. Trataba de transmitir un mensaje a la gente de la escuela. Pero el tiro me salió por la culata y lastimé mucho a mi madre y a mi viejo. En fin, esa noche estaba sentado en los escalones. Me imagino que debí haber dado miedo, con el pelo en púas, pintado de morado, la chaqueta de cuero negra y todo lo demás. También debí dar algo de lástima porque ahí estaba el viejo éste, mirándome con esa expresión, ya sabes, de buen samaritano. Nos quedamos viendo un buen rato. Estaba pensando en largarme, cuando el viejo me habló de una manera anticuada, con un acento muy marcado:

—Joven, ¿busca usted asilo?

Me hizo sonreír.

—Pues yo no, viejo, pero si quieres te digo donde hay uno. —Quería bromearlo un poco, pero no pareció entender mi broma.

—¿Tiene usted hambre? —preguntó, inclinando su rostro arrugado para verme. Llevaba lentes tan gruesos que sus ojos parecían dos peces azules nadando en una pecera.

—No, hambre no. Frío.

Y me di cuenta de que *en efecto* tenía frío. De hecho me estaba helando. Para entonces llevaba un par de horas deambulando. El viejo me tendió la mano. La estreché, parecía una hoja seca.

—Mi nombre es Johann. Soy el cuidador de la iglesia.

De la bolsa de su abrigo sacó un manojo de llaves que parecía bastante pesado, y abrió el enorme portón de madera.

—Por favor sígame —dijo, como el mayordomo de alguna vieja película de terror en blanco y negro.

—Por aquí —dije imitando a Igor de la película *Frankenstein,* arrastrando mi pie izquierdo. Seguía con mis bromas. Pero no parecía entenderme.

—¿Siente dolor? —preguntó, viéndome nuevamente a los ojos. Esta vez no respondí, porque su pregunta me hizo pensar. ¿Sentía dolor?

La iglesia de noche es distinta de cualquier otro lugar conocido. Al seguir al viejo Johann, sentí que soñaba. Todo tenía esa naturaleza nebulosa. Como el libro que leímos en clase de inglés, *Jane Eyre*, o algo así, donde te imaginas que todo ocurre una noche brumosa en una casa vieja y fantasmal.

El viejo me llevó a una banca del frente.

—Aquí puede descansar —dijo, y al sentarme, me dio una palmada en la espalda, ¡por el amor de Dios! El tipo era una reliquia—. ¿Necesita usted algo?

Negué con la cabeza. ¿Cómo rayos iba a decirle a este tipo lo que necesitaba? Así que me quedé ahí sentado y decidí hacer de cuenta que estaba en el cine o en el teatro y el viejo iba a actuar para mí. Demonios, no tenía nada mejor que hacer. No pensaba irme a casa. Tenía ciento diecinueve dólares con ochenta y cuatro centavos en la cartera, dinero que había ganado llevándoles las bolsas del mandado a las ancianas del Building, mi lugar de residencia, vivienda predilecta de los puertorriqueños de Paterson; es decir, hasta que mi peinado sobresaliente y mi chaqueta de cuero las afectaron. La peor, doña Monina, emboscó a mi madre, Clara, después de la misa en español aquí en Saint Joe, y le dijo que me veía como un vago. Don Manuel me pidió que me vistiera mejor para ir a trabajar y que nada del peinado de púas moradas. Pero en ese momento no tenía humor de recibir órdenes de nadie. Esa noche le conté a mi madre que me habían despedido y me miró de tal manera que me dieron ganas de gritar. Por Dios, como si la hubiera traicionado. ¿Soy un ángel o soy Judas? Alguien debería decírmelo. Mi padre está enfermo del corazón y eso me preocupa un poco. Digo, últimamente él ha estado muy molesto, y a la próxima que yo haga se va a morir y entonces seré un asesino. Parricida, así lo llamó mi maestra de inglés cuando leímos del griego ese que mató a su viejo y se casó con su madre. Qué lindo. Vaya ejemplos que nos dan en la escuela.

En ese momento me empecé a preocupar de estar encerrado en la iglesia vacía con el anciano. Hacía mucho que se había ido. La locura de la medianoche empezó a apoderarse de mí. Pensé que quizá me mataría a hachazos y nadie lo sabría hasta que las *viejas* del Building llegaran arrastrándose a la misa de seis y encontraran mi cadáver en el pasillo. En estos días, uno nunca sabe. Un asesino que mata a hachazos puede parecer un simpático viejecito loco que habla con acento. "¿Busca usted asilo? Entra sin miedo en mi madriguera, quiero tocar tu morada cabellera." Puedo hacer todo tipo de rimas en dos idiomas.

Tengo que admitir que soy bueno para esto de la poesía. Claro que no es un talento que te sirva de mucho en el barrio. Siempre me ha ido muy bien en la clase de inglés. La gramática me aburre, pero la *lit-te-ra-turrr*, como dice *Miss* Rathbone, es fácil. Puedo meterme en las historias.

Pero fue un poema lo que empezó todo este enredo. Fue cuando la Rathbone me pidió, no, me *ordenó* con su voz de sargento, que recitara, no que dijera sino que *recitara*, una parte del poema "La pulga" de John Donne. Jesús, sentí que ardía. Empapé de sudor los vaqueros y la camisa de franela. Traté de aparentar que no me lo sabía, pero ella sabía que sí, porque fui lo suficientemente tonto para decírselo, *según yo* en confianza, cuando nos dijo que encontráramos un poema en el libro con el cual nos pudiéramos *identificar*. Hombre, está como perdida en el tiempo. Identificar. ¿Quién dice eso hoy en día? Así que me puse a hojear el libro y después lo abrí en la página que cayera y allí estaba "La pulga." Considerando los otros títulos que había en el índice como "Insinuaciones de inmortalidad" y "Un ensayo sobre el hombre", éste parecía ser algo con lo que podría "identificarme". Y era rarísimo. Este hombre, que era sacerdote o algo así, le escribe a su novia para decirle que desea —esto está bueno— ¡que la misma pulga que le picó y le chupó la sangre, le picara a ella! Digo, es medio morboso. Pero lo dice rimado para que parezca un poema. Pero con todo y eso, como diría *Miss* Rathbone, "no pienso que la joven dama pudiera identificarse con esta particular declaración de amor".

Como dije, me gustó el poema loco. Y me quedé después de la clase para presumir un poco: *"Fíjate en esa pulga"*, digo en mi mejor imitación del acento esnob inglés, *"y fíjate en lo siguiente: qué poco es aquello que me niegas. Primero me chupó a mí y ahora a ti, y en esta pulga nuestras dos sangres se mezclan"*. Morboso. El viejo John Donne era un pervertido. Pero si lo pudo decir de manera que sonara bien, a lo mejor hasta se quedó con la muchacha. En fin, yo creí que le caía bien a la Rathbone. Digo, siempre me pone *¡Buen trabajo! ¡Tienes mucho talento!* y tonterías de ésas en mis trabajos de ensayo. Así que quería hacerla feliz aprendiéndome de memoria un par de líneas del poema. ¿Y qué hace la *Miss* tú-también-Bruto? Se lo anuncia a toda la clase al otro día. "Arturo, como el Rey Arturo" dice, por Dios, "nos tiene una sorpresa." Si no me hice en los pantalones en ese momento, creo que nunca me haré. Digo, sé que me dio una apoplejía menor o algo. Sentí que la sangre se me agolpaba contra los ojos. Atrás de mí, Kenny Matoa dijo: "El rey Arturo nosh va a rezzitar". Entonces supe que mi vida había terminado. Verán, para los muchachos del barrio leer poesía es como un acto anormal. Que te *guste* la poesía hace que sospechen de ti, en cuanto a tus preferencias sexuales. A menos de que seas niña. Es tan estúpido que no puedo ni explicármelo a mí mismo. Son sólo palabras. Un poema es como la letra de una canción, y estos camaradas matarían por poder escribir canciones y ser estrellas de rock.

Dos semanas después la pesadilla seguía en mi calle. Alguien había pintado con aerosol *La Pulga* en mi casillero, y así me decían. Un día cuando regresé del baño encontré que alguien había escrito en mi cuaderno "Chúpame la sangre", firmado *La Pulga*. Kenny, un muchacho que conozco y detesto desde tercero, encabezaba la campaña en mi contra. La mayoría de la gente de mi escuela son también mis vecinos del Building o del barrio, así que no había forma de escapar. Y, tengo que admitirlo, no supe qué hacer. Entonces, el fin de semana pasado enloquecí y me teñí el cabello de morado. Lo único que quería era que me dijeran de otro modo. Quizá loco. Pero quería impresionarlos para que me vieran de manera distinta.

Lo único que pasó fue que mi madre, Clara, gritó al verme. Y mi padre se tomó una de sus pastillas y me dijo que teníamos que hablar. Me despidieron de la bodega. En la escuela me empezaron a decir *la Pulga Morada*. Por fin, cuando Clara parecía lista para hablar seriamente conmigo —un destino peor que la muerte—, decidí abandonar la ciudad para siempre. Entré. Me dijo: "Tienes que crecer, hijo". Y antes de que pudiera empezar otra frase, me metí a mi cuarto y saqué el libro donde guardaba mi dinero de debajo de la cama. Los sonetos de Shakespeare. Saqué los billetes y tiré los poemas de Willy al basurero público. Puedo atinarle desde mi ventana. Muy práctico, excepto a las cinco de la mañana, cuando llega el camión con un ruido como una manada de elefantes en estampida.

Luego me dirigí a la terminal de los autobuses *Greyhound*. Destino desconocido. Caminé un rato y luego me senté a descansar un minuto en los escalones de la iglesia.

Fue entonces cuando san Johann de la Escoba me invitó a su asilo, donde me tuvo esperando la mitad de la noche. No sabía qué. Podía oírlo arrastrando cosas en la sacristía. Pensé en echarle una mano. Después cambié de idea, pues pensaba en algunas cosas. Era como si ese lugar te hiciera querer pensar. Recordé algo importante. Al día siguiente, Kenny tenía que *recitar* algo de Shakespeare. Resultó que todos tenían que hacerlo. Cuando la *Miss* R. se

encandila con una idea nueva, se vuelve loca. En fin, como Kenny no había podido encontrar ningún poema con el que pudiera "identificarse," la *Miss* R. le había escogido uno, el soneto CXII de Shakespeare. Lo había escrito en el pizarrón. ¿Eso es un ciento doce? Aprendí esos números romanos en la primaria y desde entonces no les he encontrado mayor utilidad. Había empezado a preguntarme de manera obsesiva de qué trataría el poema. Pero Shakespeare estaba en el basurero, y ya era medianoche.

Por fin entró el viejo Johann arrastrando su cubo, trapeador y escoba. Yo ya me iba; había decidido que de seguro se le habían botado las canicas en el otro cuarto y las estaba buscando. Me detuve para mirar a mi alrededor por última vez. A esa hora macabra, con las velas moviendo todo en las paredes y el techo, la nave parecía el interior de un barco. Recordé los nombres que había aprendido en el catecismo: sacristía, santuario, altar, sanctasanctórum, todo eso. Clara me había traído caminando todos los sábados en la tarde durante un año, cuando yo tenía seis años, para asistir al catecismo. Después, a los doce, me habían "confirmado" en la iglesia. Eso es cuando el obispo te da una bofetada (no es más que una palmadita en la mejilla) para probar tu fe. Entonces ya eres un verdadero católico, lo que sea que esto signifique . Dejé de venir a misa con mis padres este año, cuando entré a la preparatoria. Para entonces tenía dudas de todo tipo, no sólo sobre religión sino sobre todo. Incluso acerca de mí mismo. Como ¿por qué era tan diferente de Matoa, García, Correa y los otros muchachos? Ya no me gustaba juntarme con ellos. Me aburría su estúpida conversación sobre pandillas, muchachas, borracheras y esas cosas. Además —y esto me preocupaba mucho— había empezado a disfrutar de algunas clases en la escuela.

El anciano caminó hacia mí con el trapeador al hombro. Estaba encorvado, como después me diría, a consecuencia de una vieja herida en la columna que había recibido en la guerra. Pero esa noche pensé que me desafiaba a verlo como Jesucristo. Miré su sombra y el pelo se me erizó. Me senté en la banca dura para que revivieran mis heladas manos y mis paralizados pies, y lo vi trapear el piso de madera tan despacio que me sacó de quicio. Quise arrebatarle el trapeador de sus manos viejas y temblorosas, y trapear yo. Pero parecía contento de hacerlo. En una especie de trance. Yo mismo me estaba mareando sólo de verlo recorrer el pasillo central, hacer una genuflexión ante el altar, levantarse apoyándose en el mango del trapeador como en uno de esos báculos pastorales que uno ve en las escenas de la Natividad, y luego recorrer los pasillos laterales de la iglesia, moviendo los labios en cada estación de la Cruz, quizá rezando. Consideré la posibilidad de encontrarme en una iglesia vacía con un loco que podía golpearme la cabeza con el trapeador y dejarme a que me desangrara en la muy limpia casa de Dios.

Pero lo que ocurrió fue que cuando me volví a sentar, empecé a relajarme en esa iglesia como no me había relajado en ninguna parte desde que era niño. Empecé a respirar mejor. El olor del aire a incienso y velas me despejó la cabeza, y la madera y el cuero viejos a mi alrededor me hicieron sentir seguro, como en una biblioteca. Y la forma del lugar me dio una sensación de ingravidez; era una cueva con mucho espacio para moverse y para respirar. O a lo mejor estaba desvariando.

Después de un rato tuve una especie de sueño en el que podía subir flotando hasta el techo y saludar a Dios. Su rostro cambiaba mientras lo veía.

Al principio se veía como el viejo Johann, después como mi padre, luego como *Miss* Rathbone (lo cual me sorprendió mucho) y hasta Kenny Matoa. Me sacudí para despertar y tratar de volver a la tierra.

Me estaba quedando dormido cuando oí crujir la banca; Johann se había sentado junto a mí. Todo olía muy bien, a pino o limón o algo así. Era muy tarde, pero podría decir que Johann tenía cosas en mente. Esperé un tiempo, tratando de no dormirme. Digo, para esas horas estaba rendido. Le pregunté por qué trabajaba a esas horas, siendo ya mayor y todo; debería estar en la cama. Además, ¡las calles de Paterson no son seguras ni siquiera a mediodía! Dijo que le gustaba estar solo y que por eso limpiaba la iglesia tan tarde.

Después de un rato me empecé a sentir raro porque se quedó ahí sentado, paciente, con una expresión como de santo; supuse que estaba esperando que le dijera algo.

—Johann, ¿cuándo llegó a Paterson? —le dije, tratando de sonar como Johnny Carson cuando entrevista a un invitado. Digo, teníamos que acabar con esto, ¿no?

Enlazó sus manos sobre el regazo y se quedó viendo las velas que aún ardían frente a la cruz de la que colgaba Jesús, y después habló. En la iglesia vacía y callada, su voz baja con su fuerte acento parecía venir de muy lejos. Yo también me quedé viendo las velas, como si fueran una especie de pantalla en la que traté de representarme lo que Johann decía. Era como si hubiera estado esperando que me presentara en Saint Joe para poder contarme esta historia.

Dijo que una vez él había vivido en una granja en Alemania con su esposa y su hijo. Luego llegó Hitler. Durante varios años padecieron muchas penurias (usaba estas palabras como si las hubiera buscado en el diccionario). Pero los verdaderos problemas empezaron cuando las tropas pasaron por su aldea, obligando —reclutando, dijo él— a los jóvenes a combatir. Habían obligado a su hijo a ir con ellos a punta de cañón. Cuando él y su esposa protestaron, Johann fue vapuleado con la culata de un rifle. Ésa —y sonrió de una manera extraña cuando lo dijo— era la "herida de guerra" que lo había dejado con un par de costillas menos y con un dolor permanente. Aunque él y su esposa sobrevivieron a la guerra, nunca supieron cómo murió su hijo, sólo que había muerto. En los últimos días de la guerra nadie se preocupó por llevar registros. Él y su esposa solicitaron visas a principios de los años cincuenta y finalmente se les permitió venir a los Estados Unidos durante el gobierno de Kennedy, en los años sesenta. El corazón de su esposa había fallado en una operación de marcapaso hacía tres años. Desde entonces estaba solo.

—¿Por qué a Paterson? —Yo sentía mucha curiosidad por saber cómo, de todos los lugares de los Estados Unidos, Johann había venido a dar a esta ciudad.

—La Iglesia. A veces la Iglesia católica apoya a la gente. La parroquia de Saint Joseph solía ser sobre todo para inmigrantes polacos, irlandeses y alemanes. Ahora también hay muchos puertorriqueños. Aquí me dieron un empleo.

—¿Vive por aquí? —De pronto quise saber todo sobre Johann. Su historia era como una de las tragedias que leemos en clase. Sin final feliz, no como en las de la primaria. Sin hada madrina que lleve al niño perdido de regreso con sus padres. Era más bien como esas historias en las que se arrancan los ojos porque las cosas están tan mal que más vale que empeoren de una buena vez para que puedan empezar a mejorar. El anciano Johann me dijo que tenía un cuarto en una casa particular en Market Street. También dijo que el padre Capanella ya le había dicho que la Iglesia tenía planes para su retiro. Eso significaba que se iría a un hogar de retiro católico lejos de Paterson.

—¿Y usted quiere hacer eso? —No podía creer que aceptara sin más el hecho de que la Iglesia lo fuera a "retirar". Más bien lo iban a mandar a pastar.

—No importa a dónde vaya, Arturo. Siempre puedo encontrar la paz en mí mismo.

—¿Quiere decir Dios? ¿La religión? —Escuchaba a Johann con mucho interés, pero no tenía ganas de quedarme a oír un sermón. Ya había tomado mis propias decisiones sobre la religión.

—No, muchacho. No la religión como la entiende la mayoría de la gente. Soy religioso. Voy a misa, digo mis oraciones. Pero la paz no viene de hácer estas cosas. Para mí, significó encontrar mi lugar en este mundo. Mi Dios está en mis pensamientos, y cuando estoy solo y pienso, converso con Él.

Nos quedamos sentados juntos otro rato. Después lo dejé que siguiera viendo sus velas y me fui a casa. Ya no tenía ganas de huir. La historia del viejo Johann me había hecho sentirme como un llorón por pensar que mis problemas eran graves. Nunca quiero estar tan solo como él, sin más compañía que sus pensamientos. Eso no significa que no vaya a tomar ese autobús alguna vez. Pero antes tenía algo que hacer. Eran casi las tres. Todavía me daba tiempo de rescatar los poemas de Willy de las fauces del camión de basura. Tenía que saber a toda costa lo que Kenny Matoa *recitaría* frente a la clase ese día.

Así que hice lo que debía hacer.

Me trepé al monstruo verde que olía a la basura de la humanidad, a vómitos, a carne podrida, a la orina de los vagos que duermen en el callejón, a todo lo que la gente usa y abusa y luego tira. Apoyé el pie en una de las asas de las que se engancha el camión y me agarré de la parte de arriba del contenedor. Me metí a medias en el pozo infernal y casi me vomito. Hombre, diez mil retretes no podían competir con esa peste. Pero vi el libro enseguida. Estaba sobre una tonelada de basura; nadie le había echado un gato muerto encima, ni el arroz con pollo de anoche. Me tomó un par de minutos pescarlo, pero lo alcancé, justo antes de que empezara a marearme, con el olor y todo.

Quizá nunca le cuente a nadie más que al viejo Johann, que si sabe contar una historia rara también sabrá escucharla, lo que sentí recargado en el basurero como un heroinómano pasado o algo peor, sosteniendo contra mi pecho el libro de los sonetos de Shakespeare. Por Dios, he de ser *La Pulga*. He de ser *La Pulga Morada* chupasangre del viejo Donne para treparme a un basurero a las tres de la mañana por un estúpido libro. Hubiera podido soltarme a berrear como un bebé allí mismo, pero recordé para qué me había tomado esa molestia. El libro estaba más bien pegajoso, así que tuve que separar las páginas. Bajo el poste del alumbrado finalmente llegué al CXII. Tuve que pronunciar las palabras, porque William escribía en un inglés muy raro. *"Vuestro amor y piedad terraplenan la marca..."* Eso no lo entendí, pero con Shakespeare hay que dar un poco de tiempo antes de que empiece a tener sentido. *"Que el escándalo público había impreso sobre mi frente, Pues, ¿qué me importa lo que bueno o malo de mí se diga, Con tal que cubráis mis faltas con vuestra indulgencia.*" Decidí darle dos líneas más para transmitir su mensaje, o raudo a las fauces del infierno sería arrojado. Dije las líneas en voz alta; a veces eso ayuda. "*Sois mi universo entero, y de vuestros labios debo*", grité en dirección de mi ventana dos pisos arriba. Vi que se encendía una luz, "*esforzarme por recoger mis censuras y alabanzas...*"

En ese momento vi en mi mente a Kenny recitando estas líneas y toda la clase viéndolo. *Él* no tendría la menor idea de lo que significaba el poema, pero yo sabía lo que el mensaje significaba para mí: a fin de cuentas, ¿qué me importaba la opinión de los demás? *Además* iba a escuchar a Kenny recitándome el poema *a mí*, aunque él no lo supiera. La *Miss* R. lo había hecho. Venganza a la Shakespeare. *Una y otra vez* y todo eso.

Clara se acercó a la ventana y me vio allá abajo recitando Shakespeare junto al basurero.

—Arturo, hijo. ¿Eres tú?

Les juro que no hay mejor héroe trágico que una madre puertorriqueña. Puso tanto dolor en esas pocas palabras. ¡Ay, bendito! Para entonces me encontraba en un estado lastimoso y casi cualquier cosa me hubiera hecho llorar. Eso es lo que pasa cuando uno se queda despierto toda la noche oyendo historias tristes.

—¿Saben qué hora es? —Era la bruja doña Monina sacando su huesudo cuello de la ventana de su apartamento en el cuarto piso.

Le respondí a gritos:

—¡Son las tres! ¡Son las tres! —porque rimaba con lo que ella acababa de decir. Hasta cuando no quiero, soy bueno para esto, no puedo evitarlo.

—Arturo, por favor entra. Hace frío. —Clara abrió sus brazos como si pudiera desplegar mis alas de angelito y subir volando a sus brazos, por Dios.

Pero tenía razón. Necesitaba entrar. Nunca en mi vida había tenido tanto frío. Escuché al camión de la basura retumbar por otra calle, comprimiendo la basura de la humanidad y tragándosela. Pronto pasaría por mi calle. Antes de ir a casa a tomarme el baño más largo de mi vida, limpié la mancha de grasa de la portada de mi libro y lo guardé en el bolsillo interior de mi chaqueta de cuero. Pensé que quizá al viejo Johann le gustaría leerlo. Pero antes iba a leer con Kenny Matoa, moviendo los labios en silencio mientras él *recitaba* el CXII ese día. *"Pues, ¿qué me importa lo que bueno o malo de mí se diga...?"* En serio. Esto iba a estar bueno. ❖

Lecciones de belleza

❖ PACO ME MIRA otra vez, lo puedo sentir. Saco mi libro de matemáticas de mi casillero mientras todos pasan en estampida por el pasillo, pero sé que está en medio de la multitud, atravesándome con la mirada. Sólo que todavía no lo he sorprendido. Paco es tímido y es el mejor alumno de la clase de álgebra de la señora Laguna, la única clase que tomamos juntos, pero este año está tratando de ser rudo en vez de inteligente. Esto es sólo porque siente mucha presión de los otros muchachos, Luis Cintrón y ellos, para unirse a su "club social", que es como llaman a su pandilla en la escuela. Si yo fuera guapa y popular también me invitarían a juntarme con ellos. A mi mejor amiga, Anita, Luis Cintrón y sus muchachos le prestan mucha atención, pero ella dice que no le interesan los "bebés" de primero. Quiere un tipo mayor, alguien que le haga "una oferta que no pueda resistir", eso dice ella. A mí no me presta atención ningún hombre, joven ni viejo, excepto Paco, y ni siquiera puedo probarlo.

Suena la campana y corro a clase con la manada de elefantes, pero me espero en la puerta del salón de la señora Laguna hasta ver a Paco venir por el pasillo. Viene con Luis y su novia Jennifer López, que parece una muñeca *Barbie*. Se decoloró el cabello para tenerlo rubio y lleva como tres capas de maquillaje; a mí me parece que lleva una máscara de carita feliz, con los labios pintados de rosa brillante y pestañas postizas. Pero tiene el *look* que les gusta a los muchachos. Yo podría decolorarme el cabello y ponerme una tonelada de maquillaje, pero no podría copiar los senos, las caderas y el trasero. Jennifer se mete entre Luis y Paco, y su cabeza se vuelve de un lado a otro: les dedica el mismo tiempo con su sonrisa de porrista y su famosa risita que se podría escuchar en un auditorio lleno. *"Ji, ji, ji"*, le dice a Luis, y *"Ji, ji, ji"*, a Paco. Paco camina con la mirada gacha, con las manos en los bolsillos de sus vaqueros. Escucha a Luis con la misma expresión concentrada que pone cuando escucha a la señora Laguna explicar el valor de x y y.

Anita corre por el pasillo y se les adelanta. Me pellizca con sus largas uñas rojas cuando pasa junto a mí al entrar al salón, lo que suele significar que me pasará una nota en cuanto la señora Laguna se voltee a escribir en el pizarrón, pero la ignoro y hago como si buscara mi tarea entre mis papeles. Oigo que Luis le grita a Paco: "Hasta al rato, viejo", y una última risita de Jennifer antes de que se deslice junto a mí para ocupar su asiento en la última fila, donde pasará la clase arreglándose las uñas. Luego Paco camina hacia mí. Estoy justo en la entrada, pero mira al frente y me esquiva para entrar. Por lo menos podría haber dicho "con permiso".

La nota de Anita dice que va a salir a escondidas en la noche y que si su madre habla a mi casa, le diga que se está bañando o algo así. La verdad no me gusta mucho cubrirla, pero no me queda otra. Anita podría ser amiga de quien quisiera en la escuela. Pero se junta conmigo. Dice que conmigo siente que se puede relajar y que puede contarme lo que sea y no correré la voz. Ha pensado dejar la escuela en cuanto cumpla dieciséis años. Sus padres están demasiado ocupados peleando entre sí para preocuparse de lo que haga, siempre y cuando se presente a hacer sus quehaceres.

Yo pienso quedarme en la escuela porque si no, acabaré dependiendo de alguien que me cuide, de algún hombre. Eso parece ser de lo único que saben hablar las mujeres del barrio: dinero y hombres, hombres y dinero. Quizá si voy a la universidad y consigo un buen trabajo, no tendré que preocuparme por recibir ayuda del gobierno si me deja mi marido. Ni siquiera sé si me voy a casar. Mira lo que pasó con mis padres. Estuvieron juntos sólo hasta que yo nací; luego ella lo echó. Los dos son buenos, pero no se pueden llevar bien más de diez minutos. Cuando mi padre viene a verme, eso es lo que tarda ella en empezarle a gritar por algo, o él en poner cara de enojado y decirle que le enviará el cheque para mi manutención, pero que jamás volverá. Pero siempre vuelve. No pueden dejar de pelearse. Creo que tomé lo mejor y lo peor de ellos. No soy tan bonita como mi madre, pero tengo su sentido común; y soy tímida como mi padre, pero no me dejo de nadie. Los dos son bastante listos, pero creo que soy más lista que ellos, porque nunca he sacado menos de ocho en ninguna materia y los dos se salieron de la escuela para ir a trabajar a la fábrica de galletas *Nabisco* cuando eran adolescentes.

—Sandra, ¿quieres pasar al pizarrón y hacer el ejercicio tres?

La señora Laguna debió haber notado que tenía la mirada perdida. No es ningún monstruo, pero le gusta sorprenderte cuando tc distraes, y ponerte en evidencia. Muchos maestros tienen una vena de maldad. Creo que es un requisito para su trabajo. Imagino que en sus solicitudes debe haber preguntas como "¿cuántos niños ha torturado en su carrera?" y "¿lo ha disfrutado?"

Me levanto y voy al pizarrón, en espera de que la respuesta salte a mi mente mientras miro fijamente el libro. Por suerte, en ese momento otra maestra llama a la señora L. al pasillo. Pero entonces alguien oprime el botón que Jennifer tiene en la mitad de la espalda y la hace hablar en monosílabos, y grita:

—Vamos, Sandi, nena, demuestra que tienes cerebro. ¿De qué tamaño es, eh? Yo creo que ha de ser copa triple A. *Ji, ji, ji.*

En una fracción de segundo la clase se vuelve loca. No puedo distinguir lo que la mayoría grita, pero quiero fundirme con el pizarrón. La odio. Los odio a todos.

Corro fuera del salón y me topo con la señora Laguna.

—¿Qué pasa aquí? —grita sobre las risas y gritos. Me tiene tomada del brazo y quiere meterme al salón. Pero me zafo y corro hasta el baño. Entro a uno de los compartimentos y cierro la portezuela con pasador, y me quedo ahí parada, llorando como tonta y leyendo el graffiti en la puerta. Son sobre todo dibujos repugnantes, excepto por los acostumbrados "Janice ama a Tato" y "María ama a George". Tengo ganas de escribir mi propio mensaje: ¡SANDRA ODIA A TODOS!

Oigo pasos que entran, y al poco tiempo veo las botas negras de Anita, que va de uno a otro compartimento buscando mis pies. Encuentra mis tenis de botín blancos con agujetas rojas.

—Sandi, la señora Laguna quiere verte.

—No voy a regresar al salón.

—Dice que puedes pasar a verla después de clases. Le dije que no ibas a regresar a ese zoológico. Qué bruja es esa Jennifer. Le dije que la iba a arrastrar de los cabellos hasta el bebedero y le iba a lavar la cara para que todos vieran qué cara tiene sin maquillaje.

Así es Anita. Me sigue diciendo lo que le haría a Jennifer, como robarle su sostén de realce y colgarlo del aro en la cancha de basquetbol. Siguió y siguió hasta que me ganó la risa. Para entonces había terminado el tercer periodo y era hora de inglés. Esa semana íbamos a escribir un ensayo sobre *La bella y la bestia*, y no quería perderme ninguna clase, sobre todo porque primero íbamos a ver el video. Los demás pensaban que era cosa de niños, pero a mí me encanta. Anita me ayudó a componerme la cara, que era un desastre después de mi tonto llanto.

—Me quiero morir. Dijo eso de mí enfrente de Paco —le dije.

—Se estaba luciendo, chica. Quiere que la acepten en la pandilla de Luis. Quiere hacerse la ruda.

Mientras hablaba, Anita se puso un poco de lápiz labial. Luego se cepilló el grueso cabello castaño ondulado. Junto a ella, en el espejo, yo parecía la foto de "antes" de un anuncio de revista. Me sonrió y tuve que voltearme para no ver sus dientes perfectamente alineados. Si veía los míos, empezaría a llorar otra vez.

—Vi que Paco miró feo a Jennifer cuando te dijo esas cosas odiosas, Sandi.

—Mientes. —Mi corazón empezó a latir muy fuerte con sólo escuchar el nombre de Paco—. Mientes —volví a decir, retándola a que lo negara.

—No miento. La miró así. —Frunció el ceño como lo hace Paco, y entrecerró los ojos.

—Oye, ha de tener mal de ojo, después de esa mirada —Se rió.

—A mí me gustaría hacerle mal de ojo —dije.

Sonó la campana para el cuarto periodo y corrí a mi clase de inglés —por suerte ni Paco ni Jennifer la toman conmigo— y Anita siguió por el pasillo hacia el coro. También sabe cantar. Hay gente que lo tiene todo. La volví a ver en la última clase, educación física. Anita detesta hacer ejercicio y sudar, pero a mí me encanta. Mi grupo está haciendo pista esta semana, y en cuanto me pongo mis *shorts*, camiseta y tenis para correr, y me recojo el cabello en una coleta, siento que puedo volar. Es porque soy aerodinámica. Eso dice mi maestra ella también es muy delgada y de busto pequeño, como yo. Dice que mi cuerpo no opone resistencia al aire y que por eso puedo despegar cuando suena el silbato, y acelerar a cada paso. Me encanta la sensación de libertad total que siento al correr. Me gusta hasta el sudor que me empapa. Me hace sentir que por una vez mi cuerpo está haciendo lo correcto. La señora Jackson quiere convencerme de que entre a su equipo de natación. Dice que lo mismo que me hace despegar en la pista, lo hará en la alberca. Pero no sé. Me choca cómo me veo en traje de baño. Los otros verán lo huesuda que soy y pensarán en otros apodos. Aunque quizá no lo hagan si gano algunos trofeos para la escuela. Tendré que pensarlo.

De camino a los casilleros veo que Anita y Jennifer tiran canastas en el gimnasio. Están castigadas por conducta antideportiva. Su maestra sabe que detestan arruinarse las uñas, así que las puso a tirar el balón por turnos, que es lo peor para las uñas arregladas. Anita me tira el balón cuando paso y tiro muy por encima de la cabeza de Jennifer, directo a la canasta. Jennifer me echa el mal de ojo, y yo hago como si escupiera tres veces sobre mi hombro y le hago cuernos con el dedo índice y el meñique. Anita se empieza a reír tan fuerte que la señora Landers, su entrenadora, sale de los vestidores para gritarles. Hago una rueda de carro perfecta ante Anita y me hace una señal para que la espere a la salida, un pulgar hacia arriba y otro hacia abajo, y nos vayamos juntas.

Aun no suena la última campana, y yo subo corriendo tres pisos y los vuelvo a bajar para tranquilizarme antes de ir a ver a la señora Laguna en su salón de la planta baja. Es muy comprensiva, pero me dice que no debo dejarme afectar por gente como Jennifer López al grado de que perjudique mis estudios. Me da la tarea, y antes de irme, me dice algo extraño:

—Vas a florecer tarde, Sandra, y las flores que crecen despacio son las que duran más.

A veces las maestras dicen y hacen cosas muy raras. De cualquier modo pensé en lo que me había dicho. ¿Qué tan tarde florecería?

Anita y yo caminamos juntas a casa; es decir, yo camino a un paso normal, y ella más bien me *corretea*, deteniéndome de la mochila de vez en cuando. Me ha dicho muchas veces que camino como marchista. Lo tomo como un cumplido. Me empieza a decir que ha estado yendo al centro después de la escuela para tratar de conocer a tipos mayores.

—¿A dónde vas? —Sé que no tiene mucho dinero ni edad suficiente para entrar a los bares.

—Tomo el camión a los lugares donde se juntan después del trabajo. Ya sabes, la cafetería cerca del Ayuntamiento. Como a las cinco todos están por ahí, algunos hasta andan de traje y todo.

—¿Hablas con ellos? ¿Cómo le vas a hacer para que uno te invite a salir?

—Siento curiosidad de saber cómo hará Anita para conseguir una cita con un tipo mayor (ella busca alguien con dinero y un trabajo).

—Lo veo a los ojos un instante y luego entro a un restaurante y me siento sola. Si le interesa, me seguirá —dice como si le estuviera haciendo preguntas muy tontas y obvias—. El otro día vi que eso funcionaba en una película. Un hombre maduro sabe cuando una mujer lo quiere conocer.

—¿Pero qué tal si resulta ser un asesino? Digo, ¿cómo vas a saber?

—Ay, Sandi, a veces eres una niña. —Anita me mira con desdén, de la misma manera en que he visto que su madre la mira a ella cuando voy a su casa y se ponen a discutir. Después alguien toca el claxon y Anita corre a meterse al carro sin decir adiós, nos vemos, o mal rayo te parta. La verdad es que con todo y todo, ha sido un día infernal.

Al llegar a la escalinata de nuestro edificio, me enfrento a otro problema: los "tres amigos", los vagos desempleados que no hacen más que andar por ahí molestando a las mujeres, están en sus puestos, bloqueándome la entrada. Parecen triates, con sus camisetas sucias, vaqueros y latas de cerveza: Juan, José y Justo. Nadie sabe de dónde salieron ni a qué se dedican. Pero todos quieren que desaparezcan. Ocupan el apartamento del sótano y se la pasan en los escalones de la entrada. Mami cree que son narcotraficantes, pero nadie puede probarlo. Mi padre quiere que todos firmen una petición para desalojarlos pero, como pagan su renta, no cree que vaya a funcionar. No es un delito decirles estupideces a las mujeres, ni pasársela tomando cervezas con las camisetas sucias. Pero él está tratando de sorprenderlos haciendo algo ilegal. Admiro mucho a mi papi.

—Mira, linda —dice el Vago Número Uno, diciendo "linda" de manera sarcástica—, ¿cuándo vas a echarle un poquito de carne a esos huesos, eh?

—Hombre, tiene la cara bonita, ¿sabes? —dice el Vago Número Dos.

—Yo tengo tiempo, te voy a esperar, mi pajarita —dice el Vago Número Tres.

Y después se ríen los tres mientras los paso corriendo hasta la puerta del edificio. Me tropiezo con uno de los escalones y se ríen todavía más, aúllan y gritan y hacen comentarios. Detesto cómo les hablan a las mujeres. Pero saben que si se pasan de la raya y me dicen algo de veras sucio, puedo llamar a la policía o decirle a mi papi. Así que nada más dicen tonterías.

Como si con eso no bastara para acabar de estropearme el día, también tengo que lidiar con la tía Modesta, quien se mudó a nuestro apartamento hace unos días, después de empezar con los trámites de su divorcio. Dice que será una visita breve. Así lo espero. De por sí, nuestro apartamento ya es bastante reducido, y con la tía Modesta y su tonelada de ropa y sus cajas de maquillaje, no queda espacio ni para respirar.

Mi madre está preparando la cena, y sé que Modesta está en casa porque su radio está encendida. Si está ella en casa, dormida o despierta, el aparato

toca a todo volumen. Así que me siento en mi silla frente a mi ventana para pensar unos minutos.

Modesta se ocupa mucho de su apariencia. Se pasa horas arreglándose para salir. Es como un trabajo, sobre todo ahora que está otra vez "en circulación". Se casó antes de terminar la preparatoria, y no creo que sepa ser feliz si no está con un tipo. Dice que su marido no le prestaba atención, que ni siquiera se daba cuenta cuando traía un vestido nuevo. Dice que considera que su actitud era "crueldad mental", y que por eso lo dejó. Mi tía Modesta es lo que papi llama una mujer de mantenimiento elevado, como su *Chevy* 1957; hay que estarlo ajustando, pintando y reparando todo el tiempo, pero se ve fantástico cuando lo estaciona frente al edificio.

Desde la ventana de mi cuarto puedo ver cómo miran los hombres a mi tía. La observo mientras camina por la cuadra. Mis ojos no son los únicos que siguen la partida de *ping-pong*, porque así se mueven sus caderas cuando lleva esos zapatos de tacón de aguja que se ha puesto hasta para ir al almacén a comprar medio kilo de café. Sé que va para allá porque mami ha sacado la cabeza por la ventana de la sala para gritarle a su hermana menor: "¡Modesta, Modesta, mira, mira!" con todas sus ganas, para decirle que sólo compre café Bustelo, y no del cubano.

Modesta voltea hacia arriba para vernos, posando como una estrella de cine en la banqueta. Oigo un largo aullido como de lobo de alguna parte del edificio, y un carro que va pasando lleno de tipos colgados de las ventanillas, desacelera para poder verla y gritarle cosas. Es un cálido día de primavera, así que, como dice mami, "todas las cucarachas salen al sol". Modesta lleva un vestido rojo entallado que resalta sus caderas y senos. Mis amigos anglos dirían que la hace verse gorda, pero para los puertorriqueños está en su punto. Lleva el pelo rojo con rayos, en una trenza francesa, lo que te habla de su edad.

Desde que se mudó con nosotras todo el apartamento ha cambiado. Antes, al llegar a casa podía oler la comida de mami y el limpiador de pino que usa para el piso de linóleo. Ahora huele a perfume *Passion* y *spray* para el cabello. Mi madre solía sentarse conmigo después de la clase y platicar de mi día; ahora se sienta con Modesta viendo revistas para mujeres y hablando tonterías, como qué ponerse para salir con fulano y zutano.

Se supone que se quedará con nosotras hasta que consiga trabajo y encuentre un apartamento. Lo primero que hizo fue adueñarse del cuarto que yo me iba a quedar después de que lo arreglamos, y decirme que no tocara su ropa ni sus joyas. Me ve en mi ventana y, para lucirse frente a los muchachos, me manda un beso. La saludo con la mano y vuelvo frente al espejo del tocador para inspeccionarme.

Hasta este año me había resignado a verme más o menos. Digo, no soy fea, pero todavía no me he puesto redonda de los lugares adecuados, aunque ya tengo catorce años y tres cuartos, y tengo los dientes salidos. Creo que el tenerlos así no sería tan malo si no estuviera tan flaca. Justo antes de que terminara la escuela el año pasado, oí a Paco decirle a Luis Cintrón que pensaba que yo era bonita, pero Luis dijo: "no está tan mal, pero tiene piernas de palillo y dientes de Bugs Bunny". Después de eso empecé a taparme la boca al sonreír.

Cuando trato de decirle a mi madre lo que siento sobre mi apariencia, sólo se carcajea.

—¿Quieres subir de peso? Pues toma, come más arroz con frijoles. Mírame. ¡Ya quisiera yo estar como tú! —Me llena el plato de comida y continúa su plática sobre hombres con Modesta. Desde que mis padres se divorciaron cuando yo era una bebé, mi madre les ha dicho que no a varios hombres que han tratado de tomar el lugar de papi. Dice que no quiere extraños en la casa ahora que ya soy una señorita. Pero sale los fines de semana. Todos me dicen que es muy guapa, como una versión mayor y más pesada de Modesta, pero para mí siempre será mami. Supongo que luce bien.

Me miro de cerca en el espejo y trato de descubrir cosas buenas: tengo una nariz muy bonita y los pómulos salientes, y ojos grandes con pestañas largas. Todo está bien en sí, pero no parece integrarse para formar lo que mami y Modesta llaman belleza.

En la escuela, mis amigos tienen una lista de requisitos que una debe cumplir para ser guapa: senos, piernas, piel, sonrisa, ropa. Nunca he sacado una E de Excelente en ninguna de esas categorías, pero me voy a poner una P de Potencial. Quizá florezca.

Decido tomar lecciones de belleza con mi tía Modesta. Después de todo, debe tener treinta y cinco años y todavía puede arreglarse lo suficiente para alborotar al barrio. Así que cuando vuelve del almacén, observo cómo camina, con su vestido rojo entallado: *ping-pong*, *ping-pong*, van sus caderas, y *tap-tap-tap*, los tacones que marcan el compás en la banqueta: es como si ella sola fuera una orquesta de salsa. Suenan bocinas, los hombres le silban, las mujeres voltean a verla, algunas le sonríen y otras fruncen el ceño. Huelo el *Passion* que sube arrastrándose por las escaleras como una serpiente invisible. Se desliza por las grietas del apartamento incluso antes de que haga su aparición. Ella entra, me guiña un ojo y suspira dramáticamente mientras deja la pequeña bolsa café en la mesa. Y sonríe, sus dientes grandes y blancos brillan entre sus labios rojos.

—Sandrita, ¿qué pasa?

Sin esperar una respuesta, lanza los tacones al interior de su cuarto, y empieza a bajarse el cierre del vestido mientras va para allá. Me dispongo a preguntarle si puedo verla maquillarse, pero sintoniza la estación de radio en español y le sube; tiene que ponerlo fuerte, porque todos los vecinos del edificio tienen sus radios a todo volumen y todas las ventanas están abiertas. Decido que a mi tía no le importará si la veo. Después de todo, a las estrellas les gusta tener público.

Así que me hundo en el suelo y me siento a la entrada de su cuarto. La veo quitarse los lentes de contacto —sin ellos está más ciega que un murciélago— y luego las pestañas postizas. No sabía que fueran falsas; las mías son igual de largas y son naturales. Veo que se unta una crema blanca por toda la cara, y de pronto empieza a cambiar. Las mejillas eran pintadas, al igual que los grandes labios rojos. Es como si hubiera perdido toda expresión y se ve como una pantalla de televisión en blanco. Me empiezo a sentir rara de observarla sin que ella sepa, y estoy a punto de escabullirme de su cuarto cuando veo algo que me para en seco. ¡Mi glamorosa tía Modesta se ha convertido en una anciana! Todo pasa en el espejo del tocador, hace un esfuerzo por verse mientras se saca ¡una dentadura postiza! Al hacer esto su cara parece hundirse. Es como ver una película de terror. No me puedo mover. Ahora no puedo dejar que se de cuenta de mi presencia. Se enojaría y sentiría vergüenza de que yo la viera así. Termina de quitarse la cara en el tocador, luego se pone unos anteojos gruesos y va al clóset, me imagino que a escoger un vestido para esa noche. Cuando está de espaldas, me escabullo del cuarto sigilosamente.

Estoy temblando cuando salto al banco frente a mi tocador. Vuelvo a mirarme, imaginando cómo me veré en diez, veinte, treinta años; y después de muerta, en la tumba. Luego me vuelvo a mirar de cerca y me digo a mí misma que me veo bien, quizá más que bien. Puede que tenga dientes de Bugs Bunny, pero son míos, y si subo unos cuantos kilos, quizás hasta se vean bien en mi cara, que por lo menos es mi verdadera cara, y no una pintada. La próxima vez que vea a Paco solo, voy a hablarle. Creo que le gusto. Después de todo, aunque no me haya dicho nada, sé que me mira cuando piensa que no lo veo. Creo que hay esperanzas para ese muchacho.

Estoy a punto de salir a caminar, inspecciono la calle desde la esca-linata, cuando escucho la ametralladora *tap-tap-tap*. Es tía Modesta bajando la escalera con sus zapatos de baile dorados de tacón alto y su vestido negro entallado. Ya volvió a ponerse la cara, y deslumbra con su sonrisa de estrella de cine a cualquiera que la vea mientras ella y su perfume me pasan velozmente. Me manda un beso y guiña un ojo. Yo también le mando un beso, y siento lástima por ella. Ser hermosa cuesta tanto trabajo. Ahora que sé cómo es la cosa con ella, trataré de ser más amable, aun así me gustaría que me devolviera mi cuarto. Cuando se vaya, ayudaré a mami a limpiar el lugar hasta que desaparezca el olor a *Passion*. Sólo espero que pueda empezar a vivir su propia vida pronto.

Camino hacia el parque. A veces Paco juega basquetbol a esta hora. Escucho la pelota botando en el concreto desde antes de llegar, y todo el cuerpo se me despierta como cuando estoy por arrancar en una carrera de cincuenta metros.

Llego a la cerca. Está solo, botando la pelota por toda la cancha, y se prepara para tirar. No trae puesta la camisa, sólo sus *shorts* de educación física y sus tenis de botín. Por primera vez me doy cuenta de que es más delgado de lo que parece con las camisas holgadas que acostumbra usar. No tiene exactamente la constitución de Míster Universo. Tampoco es muy alto. Pero cuando salta como un bailarín de ballet, con el balón en la punta de los dedos, el sol brilla en el sudor de su pecho y su espalda, y a mí me parece hermoso.

Cuando aterriza, se queda ahí parado sonriendo para sí mismo. Entonces grito su nombre —¡Paco!— y no deja de sonreír cuando voltea y me ve del otro lado de la cerca, esperando a que venga a abrir la reja. Vuelvo a amarrar las agujetas rojas de la suerte de mis tenis de botín, mientras él se toma su tiempo botando la pelota mientras camina hacia mí. Siento que se me tensan todos los músculos del cuerpo. Mi corazón está botando como un balón de basquetbol.

Me preparo para volar. ❖

Atrapar la luna

❖ LUIS CINTRON está sentado sobre una pila de tapones de rin de casi dos metros y ve a su padre perderse en la jungla de acero que es su deshuesadero de automóviles. Lo soltaron después de seis meses en la correccional de menores —por allanamiento de morada— y está bajo la custodia de su padre, y ni siquiera se había robado nada. Lo hizo por aceptar un reto. Pero la anciana, que tenía un millón de gatos, era de sueño ligero y buena con su bastón de aluminio. Prueba de ello es la cicatriz que le quedó en la cabeza.

Ahora Luis se pregunta si no hubiera sido mejor quedarse a purgar toda su sentencia. Jorge Cintrón —de Jorge Cintrón e Hijo, Partes y Refacciones Automotrices— ha decidido que Luis tiene que lavar y pulir todos los tapones del deshuesadero. Luis gruñe y se para encima de la montaña plateada. Le grita a nadie: "hijo mío, algún día todo esto será tuyo", y mueve los brazos como el Papa cuando da la bendición a una multitud, sobre las pilas de autos compactados y piezas metálicas que cubren la media hectárea de terreno afuera de la ciudad. Él es el "Hijo" de Jorge Cintrón e Hijo, y hasta ahora su padre ha tenido más de una razón para desear que el letrero dijera Jorge Cintrón a secas.

Luis se había metido en problemas desde que empezó *high school*, hacía dos años, principalmente por el "grupo social" que organizó: varios muchachos que se divertían molestando a las autoridades locales. Lo suyo era retarse unos a otros para llevar las cosas al límite, o mejor aún, hacer algo peligroso, como meterse en una casa, no para robar sino para probar que lo podían hacer. Ésa era la especialidad de Luis: ingeniar planes muy complicados, como estrategias militares, y asignar "misiones" a quienes quisieran formar parte de los *Tiburones*.

Tiburón significa *shark*, y Luis había sacado ese nombre de una película vieja que había visto con su padre, sobre una pandilla puertorriqueña llamada los *Sharks*. Luis pensó que era una de las películas más tontas que había visto en su vida. Todos cantaban sus diálogos, y los tipos caminaban de puntitas y saltaban cuando se suponía que se estaban masacrando. Pero le gustó el nombre, los *Sharks*, así que lo tradujo al español e hizo que se lo pintaran con aerosol en una camiseta negra, con un tiburón asesino debajo, con las fauces abiertas y escurriendo sangre. Al poco tiempo los otros chicos del barrio empezaron a preguntarle sobre su camiseta.

Y vaya que se habían divertido. Las chicas también estaban interesadas. Luis engañó a todos llamando a su grupo "club social" y registrándolo en la Central High School. Eso significaba que era una asociación legítima, y hasta les daban libre la última hora todos los viernes para tener las reuniones del "club". No fue sino hasta este año, después de un par de misiones fallidas, que los maestros empezaron a sospechar. La primera en salir mal fue cuando envió a Kenny Matoa a *tomar prestados* algunos "recuerdos" del casillero de Anita Robles. Lo agarraron. Al parecer, Matoa se había quedado leyendo el diario de Anita y no la oyó acercarse por el pasillo. Se suponía que Anita debía estar en el gimnasio, pero se había excusado con el acostumbrado pretexto femenino de los cólicos. Sus gritos se oyeron hasta Market Street.

Le contó al director todo lo que sabía sobre los *Tiburones,* y Luis tuvo que hablar rápido para convencer al anciano señor Williams de que el club organizaba, en efecto, actividades culturales como el festival de talentos Salvemos a los Animales. Lo que el señor Williams no sabía era que el animal que estaban "salvando" con la venta de boletos era la boa de Luis, que necesitaba bastantes ratones vivos para estar sana y contenta. Mantenían a la EPE ("Especie en Peligro de Extinción") en el cuarto de Luis. pero le pertenecía al club y era responsabilidad de los miembros juntar dinero para alimentar à su mascota. Así que el año anterior habían patrocinado su primer festival de talentos Salvemos a los Animales, y fue todo un éxito. Los *Tiburones* llegaron disfrazados de Elvis latinos y para el gran final habían cantado *All Shook Up,* enloqueciendo al público. El señor Williams sonrió al escuchar a Luis, quizá recordando cómo la maestra de matemáticas, la señora Laguna, lo había arrastrado hasta el pasillo para que bailara rock and roll con ella. Luis se había zafado de ésa, pero había estado cerca.

Su padre también era un problema. Objetaba el logotipo de su camiseta, alegando que era repugnante y vulgar. El señor Cintrón se enorgullecía de su estilo pulcro y elegante de vestir después del trabajo, y de sus modales y amplio vocabulario que obtenía tomando prácticamente todos los cursos por correspondencia habidos y por haber. Luis pensaba que ésa era su manera de mantenerse ocupado desde que la madre de Luis había muerto de cáncer, hacía casi tres años. Jamás se había repuesto.

En esto pensaba Luis al deslizarse del montículo de tapones. La tinaja llena de agua jabonosa, la lata de pulidor y la bolsa de trapos estaban colocados cuidadosamente frente a una mesa improvisada con dos asientos de carro y una tabla de triplay. Luis escuchó un carro acercarse y el sonido de una bocina. Su padre salió de un *Mustang* rojo nuevo todo destrozado. Por lo regular, desmantelaba cada accesorio a mano antes de enviar el vehículo al cementerio, como llamaba al lote. Luis observó a la chica más hermosa que había visto en su vida, bajarse de un *Volkswagen* sedán antiguo. Se quedó parada bajo la luz del sol con su vestido de verano blanco, en espera de su padre, y Luis se quedó mirándola. Era como una tersa escultura de madera. Su piel era color caoba, casi negra, y sus brazos y sus piernas eran largos y esbeltos, pero con curvas en algunos lugares, de modo que no se veía huesuda y dura sino más bien como una bailarina. Y su cabello color ébano estaba trenzado muy pegado a su cabeza. Luis exhaló, sintiéndose un poco mareado. Se le había olvidado respirar. La chica y su padre lo oyeron. El señor Cintrón le hizo una seña para que se acercara.

—Luis, aquí la señorita perdió el tapón de una llanta. Su carro tiene veinticinco años, así que no va a ser fácil encontrar otro que haga juego. Mira, ven a ver.

Luis arrojó la llave de tuercas que tenía en la mano a la caja de herramientas, como si estuviera molesto, para expresar su rechazo al esclavismo. Luego siguió a su padre, quien se arrodilló en la grava y empezó a señalar todos los detalles del tapón. Luis apenas le hizo caso. Vio a la muchacha sacar una hoja de papel de su bolso.

—Señor Cintrón, le hice un dibujo del tapón, porque ya me tengo que ir. Aquí están mi dirección y mi teléfono, y también el teléfono de la oficina de mi padre —le dio el papel al señor Cintrón, quien asintió.

—Sí, señorita, muy bien. Esto le ayudará a mi hijo a buscarlo. Quizá haya uno en esa pila de allá —Señaló el altero de tapones que Luis tenía que lavar y pulir—. Sí, estoy casi seguro de que debe de haber uno de éstos ahí. Claro que no sé si estará por arriba o por abajo. Nos dará unos días, ¿sí?

Luis sólo miró a su padre como si estuviera loco. Pero no dijo nada porque la chica le sonreía con una expresión curiosa en la cara. Quizá imaginaba que él tenía visión de rayos X como Superman, o quizá se burlaba de él.

—Por favor llámeme Naomi, señor Cintrón. Usted conoce a mi madre. Es la directora de la funeraria...

Al principio el señor Cintrón pareció sorprendido; se jactaba de su buena memoria. Luego su expresión amigable se tornó triste al recordar el día del entierro de su esposa. Naomi no terminó la frase. Extendió la mano y la puso un momento sobre el brazo del señor Cintrón. Después dijo "adiós" suavemente y se subió a su reluciente auto blanco. Al irse sacó la mano para despedirse, y el brillo del sol en sus pulseras de oro casi cegó a Luis.

El señor Cintrón sacudió la cabeza.

—¿Qué te parece? —dijo para sí—. Son los dominicanos dueños de la Funeraria Ramírez —y después suspiró—. Parece una joven muy agradable. Me recuerda a tu madre cuando tenía su edad.

Al oír el nombre de la funeraria, Luis también recordó. El día que murió su madre, él estaba con ella en el cuarto del hospital, mientras su padre había salido por un café. La alarma de su monitor empezó a sonar y las enfermeras entraron corriendo y lo sacaron a empujones. Después de eso, lo único que recordaba era la rabia que lo hizo agujerar la pared de su cuarto a golpes. Y después no había querido hablar con nadie en el funeral. Era raro, pero vio a una niña negra que no trató de hablar con él como todos, sino que de hecho lo ignoró cuando los condujo a él y a su familia a la capilla funeraria y había traído las flores. ¿Sería posible que esa niña flaca del vestidito blanco fuera Naomi? Aunque hoy no había dado señales de reconocerlo. O quizá pensara que era un cretino.

Luis le arrebató el dibujo a su padre. El viejo parecía dispuesto a caminar por la senda de los recuerdos, pero Luis no tenía humor de escuchar viejas historias de cómo se enamoró en la isla tropical. El mundo en que vivieron antes de que él naciera no era su mundo. Aquí no había playas ni palmeras. Sólo chatarra hasta donde podía ver. Se volvió a trepar a su montículo y estudió el boceto de Naomi. Obviamente lo había hecho con mucho cuidado. En la esquina inferior derecha estaba firmado "Naomi Ramírez". Memorizó el número telefónico.

Luis lavó tapones todo el día hasta que sus manos quedaron rojas y llagadas, pero no se topó con la pequeña copa plateada que necesitaba el vw.

Después de trabajar jugó un poco de *frisbee*, antes de enseñarle a su padre lo que había logrado: filas y filas de aros brillantes, secándose al sol. Su padre asintió y le mostró el chichón en la sien, donde uno de los platos voladores de Luis le había pegado.

—La práctica hace al maestro, ¿sabes? Quizá la próxima vez logres decapitarme.

Luis lo oyó batallar con la palabra *decapitarme,* que pronunció por sílabas. Otra vez presumiendo de su vocabulario, pensó. Como quiera, examinó el chichón de cerca. Se sintió mal de que eso hubiera pasado.

—Se ven bien, hijo. —El señor Cintrón abrió los brazos, señalando el patio—. ¿Sabes?, habrá que clasificar todo esto. Mi sueño es separar todas las partes por año, modelo de carro y condición. Quizá ahora que me estás ayudando esto sea posible.

—Pa... —Luis puso la mano sobre el hombro de su padre. Eran de la misma estatura y complexión, como de un metro sesenta y ocho, y robustos—. La juez dijo seis meses de trabajo gratuito para ti, no toda la vida. ¿Está bien?

El señor Cintrón asintió, distraído. Fue entonces cuando Luis se dio cuenta de repente de lo gris que se había vuelto su pelo —solía ser negro y brillante como el suyo— y de que su rostro estaba marcado por líneas profundas. Su padre se había hecho viejo sin que él se diera cuenta.

—Hijo, debes seguir las instrucciones de la juez. Como dijo, la próxima vez que te metas en problemas, te va a tratar como adulto, y creo que ya sabes lo que eso significa: una condena larga, sin más oportunidades.

—Sí, sí. Pues eso hago, ¿no? Trabajo como bestia en vez de disfrutar de mi verano. Pero oye, no me puso bajo arresto domiciliario, ¿verdad? Voy a salir en la tarde.

—Regresas a las diez. Dijo que no podías salir después de esas horas, Luis. —El señor Cintrón había dejado de sonreír y parecía molesto. Siempre se les había dificultado hablar más de dos minutos sin que su padre se ofendiera por algo que decía Luis o por su tono sarcástico. Siempre hacía algo mal.

Luis tiró el trapo sobre la mesa y se fue a sentar al *Buick* antiguo de su padre, que estaba en perfecto estado. No dijeron nada de camino a casa.

Cuando se sentaron a la mesa de la cocina a comer la pizza que habían comprado en el camino, Luis pidió el carro prestado. Su padre no le respondió, pero lo miró como diciendo "ahora no me molestes".

Antes de volver a tocar el tema, Luis puso unos hielos en una bolsa y se la dio al señor Cintrón, quien había hecho que su pequeño chichón empeorara, sobándolo. Dice CULPABLE, pensó Luis.

—Gracias, hijo. —Su padre puso la bolsa sobre el chichón e hizo una mueca cuando el hielo tocó su piel.

Comieron en silencio unos minutos más; luego Luis decidió volver a pedir el carro:

—De veras tengo que salir a tomar aire, pa. ¿Me prestas el carro un par de horas?

—¿Qué no tomaste bastante aire en el deshuesadero? Tenemos suerte de no tener que estar metidos todo el día en una fábrica apestosa. ¿Sabes?

—Sí, pa. Tenemos mucha suerte.

A Luis siempre le irritaba que su padre estuviera tan agradecido de ser dueño de un deshuesadero, pero contuvo su enojo para ver si conseguía las llaves sin tener que discutir.

—¿A dónde vas?

—A dar la vuelta. A ningún lado. Nada más quiero salir un rato. ¿Está bien?

Su padre no respondió, sólo le dio un juego de llaves tan relucientes como el día en que fueron fabricadas. Su padre pulía todo lo que se podía pulir: perillas, monedas, cucharas, cuchillos y tenedores, como si fuera el rey Midas contando su oro y su plata. Luis pensaba que su padre debía sentirse muy solo para pulir utensilios que ya nadie ocupaba. Pero como los había escogido su esposa, eran como reliquias. Nada que hubiera sido suyo podía tirarse a la basura. Sólo que ahora platos, tenedores y cucharas no se usaban para comer el arroz amarillo con frijoles rojos, ni el pollo frito, ni los deliciosos plátanos dulces que su madre les solía preparar. Todo se guardaba en las vitrinas que su padre había convertido en un museo dedicado a ella. El señor Cintrón podía cocinar tan bien como su esposa, pero ya no tenía ánimos de hacerlo. Luis pensó que quizá si comían juntos de vez en cuando las cosas entre ellos mejorarían, pero siempre tenía algo que hacer a la hora de la comida y acababa comiendo en el puesto de hamburguesas. Ésta era la primera vez en meses que se sentaban juntos a la mesa.

Luis tomó las llaves. Dijo "gracias", y se fue a bañar. Su padre siguió mirándolo con ojos tristes y pacientes.

—Está bien. Regreso a las diez, y no te quites el hielo del coco —dijo Luis sin mirar atrás.

Sólo pensaba pasear por su viejo barrio, ver si alguno de los *Tiburones* andaba por El Building, que es donde vivían casi todos. No estaba lejos de la casa que su padre compró cuando el negocio empezó a redituarle: una casa en la que su madre sólo había vivido tres meses antes de ser trasladada al hospital de Saint Joseph. Nunca volvió a casa. Luis deseaba que siguieran viviendo en aquel diminuto apartamento donde siempre había algo que hacer, alguien con quien hablar.

Pero en vez de eso Luis fue a estacionarse frente al último lugar al que había ido su madre: la Funeraria Ramírez. En el patio delantero había un enorme roble que Luis recordaba haber trepado durante el funeral, para alejarse de la gente. Ahora el árbol se veía diferente; ya no como un esqueleto, como aquel día, sino verde, con hojas. Las ramas llegaban al segundo piso de la casa, donde vivía la familia.

Luis se quedó un rato en el carro, permitiendo que los recuerdos inundaran su cerebro. Recordó a su madre antes de que la enfermedad la cambiara. No era hermosa, como su padre les decía a todos; había sido una señora dulce, ni bonita ni fea. Para él, ella había sido la persona que siempre le dijo que estaba orgullosa de él y que lo amaba. Se lo decía todas las noches cuando se asomaba a su cuarto para darle las buenas noches. Algunas veces le preguntaba, en son de broma, "¿de qué estás orgullosa, si no he hecho nada?" Y ella siempre respondía "sólo estoy orgullosa de que seas mi hijo". No era perfecta ni mucho menos. Tenía días malos en los que no podía hacerla sonreír, sobre todo después de que se enfermó. Pero jamás la escuchó decir nada malo de nadie. Siempre culpaba al destino por todo lo que salía mal. La extrañaba. La extrañaba tanto. De pronto, un mar de lágrimas acumuladas durante casi tres años empezó a correr por sus ojos. Luis estaba sentado en el auto de su padre, con la cabeza en el volante, llorando "mami, te extraño".

Cuando por fin alzó la cabeza, vio que alguien lo miraba. Naomi estaba sentada frente a un ventanal con un block de dibujo en el regazo y un lápiz. Al principio Luis se sintió molesto y avergonzado, pero ella no se reía de él. Luego le dijo con sus ojos oscuros que podía acercarse. Caminó hasta la ventana y ella le mostró la hoja donde había un dibujo de él, no llorando como un bebé, sino sentado sobre una montaña de tapones plateados, sosteniendo uno en alto. Él tuvo que sonreír.

La ventana estaba cerrada con llave. Tenía un cerrojo de seguridad. Un sistema de alarma, dedujo, para que nadie se fuera a robar a la princesa. Le preguntó si podía entrar. También era a prueba de ruido. Dijo las palabras despacio para que ella pudiera leer sus labios. Ella escribió en el papel: "No puedo dejarte entrar. Mi madre salió". Así que se miraron y platicaron un rato a través de la ventana. Luego a Luis se le ocurrió una idea. Le hizo una seña de que volvería, y condujo hacia el deshuesadero.

Luis volvió a encaramarse en su montaña de tapones. Pasó horas clasificándolos por modelo, tamaño y condición, deteniéndose sólo para llamar a su padre por teléfono y decirle dónde estaba y qué estaba haciendo. El viejo no le pidió explicaciones, lo cual le agradeció. Bajo la luz del alumbrado Luis trabajó y trabajó, empezando a comprender un poco por qué su padre se mantenía ocupado todo el tiempo. Hacer algo que tiene un principio, una mitad y un final, te hace algo en la cabeza. Era como la satisfacción que sentía Luis al planear las "aventuras" para sus *Tiburones,* pero había otro elemento que no tenía nada que ver con presumir frente a los demás. Esto era la búsqueda del tesoro. Y sabía lo que estaba buscando.

Finalmente, cuando parecía una búsqueda inútil, cuando era casi media noche y las manos de Luis estaban cortadas y lastimadas por el trabajo, lo encontró. Era idéntico al dibujo de Naomi, el tapón de llanta en forma de luna para su auto, la zapatilla de la Cenicienta. Luis saltó del pequeño montículo de discos bajo sus pies y gritó "¡sí!" Miró a su alrededor y vio los alteros de tapones ordenados que lavaría al día siguiente. Le construiría a su padre una pared de exhibición. La gente podría llegar al deshuesadero y escoger el tapón que quisiera.

Luis lavó el tapón del vw y lo pulió hasta que se reflejó en él. Lo usó de espejo para lavarse la cara y peinarse. Luego condujo a la Funeraria Ramírez. Como era una noche sin luna, estaba muy oscuro. Tratando de no hacer ruido, Luis se metió algo de grava en el bolsillo y trepó al árbol para llegar al segundo piso. Sabía que estaba frente a la ventana de Naomi, podía ver su silueta dibujada en las cortinas. Se hallaba sentada ante una mesa, al parecer escribiendo o dibujando, quizá esperándolo. Luis colgó el disco plateado cuidadosamente de una rama próxima a la ventana, y lanzó algo de grava al cristal. Naomi corrió a la ventana y abrió las cortinas, mientras Luis se asía a la gruesa rama y esperaba para darle la primera cosa buena que le daba a alguien en mucho tiempo. ❖

Una hora con el abuelo

❖ —SÓLO UNA HORA, una hora es todo lo que te pido, hijo.

Mi abuelo está en un asilo para ancianos en Brooklyn, y mi madre quiere que pase algo de tiempo con él, pues los doctores dicen que ya no le queda mucho tiempo. A *mí* tampoco me queda mucho tiempo de mis vacaciones de verano, y junto a la cama hay un altero de libros que debo leer para ser aceptado en la clase de inglés que quiero tomar. Soy medio atolondrado en algunas clases, y el señor Williams, el director de la Central, me dijo que si aprobaba unos exámenes de lectura, me dejaría pasar.

Además, me choca ese lugar —el asilo de ancianos— sobre todo su olor a amoniaco industrial y a otras cosas que no mencionaré porque me revuelven el estómago. Y realmente el abuelo siempre tiene muchos parientes que lo visitan, así que me he escapado de visitarlo excepto en Navidad, cuando le llevan una carretonada de nietos a que le den su regalo y su abrazo. Todos lo hacemos rápido y pasamos el resto del tiempo en el área de recreo, donde mis primos juegan damas y cosas así con los juegos de los ancianos, y yo leo los números atrasados de *Madurez Moderna*. No soy melindroso, leo lo que sea.

En fin, después de que mi madre me sermonea durante una semana, dejo que me lleve a Los Años Dorados. Me deja en la entrada. Quiere que entre solo y "pase un rato agradable" charlando con el abuelo. Le digo que si no vuelve en una hora, tomaré el autobús de regreso a Paterson. Me aprieta la mano, dice "gracias, hijo", y se le quiebra la voz como si le estuviera haciendo un gran favor.

Al entrar al lugar, me deprimo. Forman a los ancianos en sillas de ruedas en el vestíbulo, como si los enfermeros que los empujan de un lado a otro sin siquiera mirarlos, fueran a jugar carreras con ellos. Camino rápido hacia el cuarto 10, la "suite" del abuelo. Está sentado en la cama, escribiendo con un lápiz en uno de esos cuadernos antiguos de pasta dura negra. Tiene trazado el contorno de la isla de Puerto Rico en la portada. Me siento en la dura silla de vinil junto a la cama. Me sonríe a medias, y las líneas de su cara se hacen más profundas, pero no dice nada. Como se supone que debo platicar con él, le pregunto:

—¿Qué haces, abuelo, escribes tus memorias?

Lo digo en broma, pero me responde:

—Sí, Arturo, ¿cómo lo sabes?

Él también se llama Arturo. Por él me pusieron así. En realidad no conozco a mi abuelo. Sus hijos e hijas, incluyendo a mi madre, vinieron a Nueva York y a Nueva Jersey (donde yo nací), y él se quedó en la isla hasta que murió mi abuela. Luego se enfermó, y como nadie podía dejar su trabajo para ir a cuidarlo, lo trajeron al asilo en Brooklyn. Lo veo un par de veces al año, pero siempre está rodeado por sus hijos e hijas. Mi madre me dice que don Arturo fue maestro en Puerto Rico, pero perdió su trabajo después de la guerra. Luego se hizo granjero. Siempre dice con voz triste "¡Ay, bendito! Qué desperdicio de mente tan brillante". Después suele encogerse de hombros y decir "así es la vida". A veces me enoja el modo en que los adultos aceptan cualquier porquería que cruza su camino porque "así son las cosas". Para mí no. Yo voy a conseguir lo que quiero.

Como sea, el abuelo me mira como si tratara de ver lo que tengo dentro de la cabeza, pero no me dice nada. Como me gustan las historias, decido que bien podría pedirle que me leyera lo que escribió.

Miro el reloj: ya han pasado veinte minutos de la hora que le prometí a mi madre.

El abuelo empieza a hablar despacio, como acostumbra. Habla lo que mi madre llama inglés de libro. Él aprendió solo, con un diccionario, y las palabras suenan tiesas, como si las pronunciara en voz baja antes de decirlas. Con sus hijos habla en español, y a los nietos nos habla en ese inglés raro. Me sorprende que siga tan agudo, porque su cuerpo se está encogiendo como una bolsa de papel arrugada, con algunos huesos adentro. Pero al ver sus ojos, puedo ver que todavía tienen luz.

—Es una historia corta, Arturo. La historia de mi vida. No llevará mucho tiempo leerla.

—Tengo tiempo, abuelo. —Me avergüenza un poco que me haya visto mirando el reloj.

—Sí, hijo. Has dicho la verdad. Tienes mucho tiempo.

El abuelo lee:

Amé las palabras desde el principio de mi vida. En el campo donde nací, uno de siete hijos, había pocos libros. Mi madre nos los leía una y otra vez: la Biblia e historias de los conquistadores españoles y de piratas que ella había leído de niña y se había traído de la ciudad de Mayagüez, antes de que se casara con mi padre, quien cultivaba cafetales. Nos enseñaba palabras del periódico que le traía un muchacho a caballo cada semana. Nos enseñó a todos a escribir en una pizarra, con gises que ordenaba por correo cada año. Usábamos los gises hasta que eran tan pequeños que se nos perdían entre los dedos.

Yo siempre quise ser escritor y maestro. Sabía con toda el alma que deseaba pasar mi vida rodeado de libros. Así que contra la voluntad de mi padre, quien quería que todos sus hijos lo ayudáramos en el campo, mi madre me mandó a la preparatoria en Mayagüez. Me hospedé cuatro años con una pareja que ella conocía. Pagaba mi renta con trabajo y comía las verduras que yo mismo sembraba. Usaba la ropa hasta que quedaba tan gastada como un pergamino. ¡Pero al graduarme tuve el primer lugar de mi clase! Ese día me fue a ver toda mi familia. Mi madre me trajo una hermosa guayabera, hecha del algodón más fino, que ella misma había bordado. Era un joven feliz.

En aquellos días, para dar clases en una escuela rural, bastaba con el certificado de preparatoria. Así que volví a mi pueblo en las montañas

y conseguí trabajo dando clases a todos los grados escolares en el pequeño salón que construyeron los padres de mis alumnos.

Hacía que el gobierno me mandara libros. Me sentía como un hombre rico aunque la paga era muy poca. Tenía libros. ¡Todos los libros que quisiera! Enseñé a mis alumnos a leer poesía y teatro, y a escribirlos. Inventábamos canciones y hacíamos presentaciones para los padres. Fue una época hermosa para mí.

Luego vino la guerra, y el presidente estadunidense anunció que todos los puertorriqueños serían reclutados. Yo le escribí a nuestro gobernador para explicarle que era el único maestro en la aldea de las montañas. Le dije que si no les enseñaba el alfabeto a los niños, volverían a los campos y crecerían ignorantes. Le dije que creía ser mejor maestro que soldado. El gobernador no respondió mi carta. Entré al Ejército de los Estados Unidos.

Le dije a mi sargento que podía ser maestro en el ejército. Que podía enseñarle el alfabeto a todos los muchachos campesinos para que pudieran leer las instrucciones en las cajas de municiones y no se fueran a lastimar. El sargento me dijo que me estaba pasando de listo, y me asignó la limpieza de letrinas. Me dijo: "Allí vas a encontrar material de lectura, catedrático. Lee lo que escriben en las paredes". Me pasé la guerra trapeando pisos y limpiando excusados.

Cuando regresé a la isla, las cosas habían cambiado. Se necesitaba un título universitario hasta para enseñar en los primeros grados. Mis padres estaban enfermos, dos de mis hermanos habían muerto en la guerra, y los otros se habían quedado en Nueva York. Era el único que quedaba para ayudar a los viejos. Me hice granjero. Me casé con una buena mujer que me dio muchos hijos buenos. Les enseñé a todos a leer y escribir antes de que empezaran a ir a la escuela.

Entonces el abuelo deja el cuaderno sobre su regazo y cierra los ojos.

—El título de mi libro es *Así es la vida* —murmura, casi para sí mismo. Quizá ha olvidado que yo sigo allí.

No dice nada en un largo rato. Creo que está dormido, pero luego me doy cuenta de que me observa con los ojos entrecerrados, quizá esperando que le dé mi opinión acerca del libro. Me gustó y todo, pero el título no. Y creo que de haberse esforzado más, hubiera podido llegar a ser maestro. Nadie me va a impedir hacer lo que quiero con mi vida. No voy a dejar que *la vida* se interponga en mi camino. Quiero discutir esto con él, pero todavía no puedo pensar las palabras en español. Estoy a punto de preguntarle por qué no siguió luchando por realizar su sueño, cuando una anciana con tenis rosas aparece en la puerta.

También lleva un traje deportivo rosa. La maratonista más vieja del mundo, pienso. Llama a mi abuelo con voz coqueta:

—*Yuju*, Arturo, ¿recuerdas qué día es hoy? ¡Hoy leemos poesía en el salón de recreo! Y nos prometiste que nos ibas a leer tu poema nuevo.

Veo que mi abuelo se anima casi de inmediato. Señala su silla de ruedas, que cuelga en el armario abierto como un enorme murciélago metálico. Me indica que la acerque. La armo y, con la ayuda de la señora Tenis Rosas, lo subimos. Después me dice con una voz fuerte y profunda que apenas reconozco:

—Arturo, por favor dame ese cuaderno que está sobre la mesa.

Le paso otro cuaderno que también tiene el contorno de la isla en la portada, aunque éste es rojo. Dice, POEMAS DE ARTURO, con letras grandes.

Empiezo a empujarlo hacia el salón de recreo, pero niega con el dedo.

—Arturo, mira tu reloj. Creo que ya se te acabó el tiempo. —Me sonríe con malicia.

Luego desaparece por el pasillo; ella empuja su silla, quizá un poco rápido. Ya va leyendo de su cuaderno, y ella hace sonidos de pájaro. Miro mi reloj y veo que, en efecto, mi hora se ha terminado, exactamente. No puedo sino pensar que mi abuelo me ha estado cronometrando a *mí*. Me da mucha risa. Camino despacio por el pasillo hacia el letrero de salida. Quiero dejar a mi madre esperando un poco. No quiero que piense que llevo prisa ni nada por el estilo. ❖

Aquella que mira

❖ —¡MIRA, MIRA! —grita mi amiga Yolanda. Siempre me está diciendo que mire algo. Y siempre lo hago. Yo miro, ella mira. Así ha sido siempre. Yolanda acaba de cumplir dieciséis años. Yo soy seis meses menor. Nací para seguir al líder, es lo que dice mi madre cuando nos ve juntas, y es cierto.

Es como si para Yolanda el mundo fuera una tienda llena de caramelos deliciosos, y ella quiere los más caros, los que vienen en las cajas elegantes, los que no puede pagar. A veces Yolanda y yo nos emocionamos con algún vestido, y entramos a la tienda para que se lo pruebe. Pero los vendedores nos empiezan a conocer. Saben que no tenemos dinero. Así que nos han sacado de muchas tiendas. Yolanda siempre le grita al guardia de seguridad: "¡me han echado de lugares mejores!" Y es cierto.

Una vez Yolanda y yo faltamos a la escuela y tomamos el autobús a la ciudad, sólo porque Yolanda quería curiosear en un gran almacén de la calle 34.

Ese día habría un desfile de modas para adolescentes; para todas las muchachas ricas de Nueva York y sus madres, que siempre andan súperarregladas. Y qué creen que pasó. Yolanda se coló en uno de los vestidores —yo la seguía— y se formó para que le diera un vestido una de las atareadas mujeres que traían una cinta de medir al cuello y llamaban "cariño" a las modelos, mientras les medían busto, cintura y caderas en menos de treinta segundos. Luego un tipo que llevaba un traje guinda muy entallado, nos grita "¡oye, tú!" con voz chillona, y yo casi me desmayo, pensando que nos agarraron.

—¡Esos aretes son horribles! —le grita a Yolanda, que lleva unos aretes de hule rosado en forma de pez, que hacen juego con su minivestido de rayas rosas y negras.

—¡Toma, pruébate éstos! —Le da un par de aros dorados en una caja muy elegante de terciopelo negro; luego le grita a otra modelo. Me meto en uno de los probadores, Yolanda corre tras de mí y se sienta en mis piernas, riéndose como loca.

—Mira, Doris, mira. —Me muestra los aretes, que parecen de veras de oro. Abrazo a Yolanda; cómo la quiero. Está loca y hará lo que sea con tal de divertirse.

Ayudo a Yolanda a ponerse el vestido que se supone va a modelar. La etiqueta del precio al reverso del vestido dice $350.00. Ahora es mi turno de decirle "mira" a Yolanda. Ella se encoge de hombros.

—No me lo voy a robar, Doris —dice—. Sólo voy a caminar por la pasarela, así.

Sale del probador con una mano en la cadera, y parece una modelo de verdad con su vestido de terciopelo verde, sus aretes de oro y sus tenis blancos. El hombre del traje guinda corre hasta ella gritando:

—¡No, no! ¿Pero qué estás haciendo? ¡Esos zapatos son horribles!

Llama a una de las mujeres con la cinta de medir al cuello, y hace que tome la talla de calzado de Yolanda. Al poco tiempo la estoy ayudando a probarse zapatos de un altero de mi tamaño. Se decide por unas zapatillas de tacón, de piel negra.

Hay tal confusión que nadie sorprende a Yolanda hasta que las chicas se forman para que empiece la función. Entonces nadie encuentra su nombre en ninguna lista. La actuación de Yolanda es bastante buena: se hace la ofendida. Pero creo que la delata su acento de puertorriqueña de Nueva Jersey. Las otras hablan con la nariz bien levantada, y suenan como si estuvieran un poco congestionadas.

—¿Cómo que no aparece mi nombre? —reclama Yolanda, subiendo la nariz a esa misma órbita.

Yo me quedo ahí parada viendo todo, hago de cuenta que es una obra de teatro y que Yolanda es la estrella. Me prometo a mí misma que si esto se pone peligroso, me iré. Verán, yo no soy llamativa como Yolanda. Soy prácticamente invisible. Tengo el pelo crespo, así que le pongo acondicionador para que no se me pare, y soy baja de estatura y común. Ni fea ni bonita. Nada. De no ser por Yolanda, nadie sabría que existo. Es fantástica, pero me asusta, con cosas como el asunto del modelaje en la tienda. Ya tengo bastantes problemas como para que además me arresten. Así que me digo que si llega la policía, me haré invisible y me iré. Entonces sí que estaría sola. Si Yolanda supiera lo asustada que estoy, me dejaría de todos modos. Yolanda siempre dice que lo único que la asusta es una persona asustada. Dice que no hay cosa que más deteste que un soplón, y eso es lo que hace la gente asustada: culpar a los demás de sus problemas. Por eso dejó a su mejor amiga de antes, Connie Colón. Connie se asustó cuando su madre supo que faltaba a la escuela con Yolanda, y la delató. Cuando habla de Connie, los ojos de Yolanda se vuelven fríos, como si deseara que estuviera muerta. No quiero que Yolanda me mire así nunca.

En fin, llegó una mujer grande y autoritaria que nos llevó a su oficina en el último piso. Era más grande que mi recámara y su escritorio era por lo menos del tamaño de mi cama. La alfombra del piso era gruesa como un abrigo de piel. Desde su ventana se podía ver casi todo Nueva York. Miró a Yolanda con una expresión como las que adopta la gente cuando pasa junto a algún mendigo en la calle. Es como si les preguntaran "¿y tú qué haces en *mi* banqueta?" La señora ni siquiera me miró, así que me quedé pegada a la pared gris.

—Jovencita, se da cuenta de que lo que hizo hoy podría considerarse un delito? —Hablaba muy despacio, pronunciando cada palabra. Me imagino que para entonces ya sabía que éramos puertorriqueñas y quería cerciorarse de que entendiéramos.

Yolanda no respondió. La habían hecho quitarse el vestido de terciopelo, los zapatos y los aretes. Una mujer los sacó con la punta de los dedos y los metió en una bolsa de plástico antes de dárselos a la mujer que estaba frente a nosotras.

Sosteniendo la bolsa de plástico frente a Yolanda, le hizo otra pregunta:

—¿Sabe cuánto valen las cosas que tomó?

Vi a Yolanda, que se incorporaba despacio tras amarrarse las agujetas.

Luego se puso los aretes rosas de plástico, sin prisa. Después se ajustó el vestido entallado. Todavía parecía ofendida. Y quizá como si quisiera pelea.

—No me iba a robar *sus coosas* —dijo, imitando el acento sofisticado de la mujer.

—Entonces ¿qué hacía en nuestro vestidor? ¿Pretendía sabotear nuestro desfile?

—No. Iba a modelar el vestido. —Yolanda puso las manos en las caderas, como retando a la mujer a discutir con ella.

—¿Modelar? ¿Quería modelar un vestido *aquí*? —La mujer se rió—. Jovencita...

—Mi nombre es Yolanda —Yolanda se estaba enojando, lo supe por la manera en que la miraba y el resplandor en sus ojos, como un gato preparándose para atacar. Era extraño ver a Yolanda que apenas si mide 1.52 m, enfrentarse a esta mujer alta, que vestía traje gris y zapatos de tacón.

—Está bien, Yolanda. Te voy a decir algo. Tú no puedes decidirte a modelar así nada más, meterte a escondidas a un vestidor y salir a la pasarela. Estas muchachas han ido a la escuela de modelaje. Llevan semanas practicando. ¿Realmente creíste que podías salirte con la tuya? —Ahora parecía enojada. Me deslicé hacia la puerta—. Te diré lo que vamos a hacer. No las voy a consignar. Voy a llamar a nuestro guardia de seguridad para que las escolte hasta la calle. Y no quiero volver a verlas en esta tienda. Mira. —Señaló una cámara en el techo que era prácticamente invisible—. Ya tenemos fotos tuyas, Yolanda. —Por último, se dignó verme—. Y también de tu compañera. Si regresan, lo único que tengo que hacer es presentarlas al juez.

El guardia de seguridad nos mostró la salida a la calle 34. Parecía uno más de los compradores adinerados, con un suéter de lana y pantalones vaqueros de marca. Nunca sabes quién te está observando.

Así que Yolanda es sincera cuando les dice a los dependientes que nos han echado de lugares mejores. Siempre está buscando un mejor lugar del que la echen. Pero quizá la tienda de la calle 34 sea difícil de superar.

Ese mismo día subimos al piso 86 del Empire State Building, que está muy cerca de la tienda. Yolanda recorrió el mirador como una niña, gritando "¡mira!, ¡mira!" desde cada esquina. Se sentía bien.

En casa siempre están tocando salsa, pero no es porque estén muy contentos ni porque tengan ganas de bailar. Para mis padres, la música es su trabajo. Ambos tocan en un conjunto de música latina llamado *¡Caliente!* Él toca la batería y ella canta, así que siempre están escuchando cintas. Tocan en el mismo centro nocturno del barrio todas las noches, el Caribbean Moon, y los clientes habituales quieren escuchar canciones nuevas cada semana. Así que mami canta con las cintas, pero al hacerlo parece aburrida. Durante casi toda mi vida ha dejado de cantar sólo para ordenarme algo o para gritarme. Mi padre no habla mucho. Casi nunca se le ve de día; duerme hasta la tarde, pues se quedan tocando hasta las tres de la mañana, o se baja al sótano a ensayar. El portero de nuestro edificio, Tito, es su mejor amigo, y lo deja tener su batería en la bodega, cerca de las lavadoras y las secadoras. Las paredes de nuestro apartamento son delgadas y frágiles como cartones viejos, y si tratara de tocar la batería adentro, de seguro se derrumbarían.

Cuando llego, mi madre está cantando con Celia Cruz, la vieja salsera cubana. Está junto a la estufa, guisando bacalao. Puedo oler el aceite de oliva en la sartén, pero no tengo hambre. Yolanda y yo nos comimos una bolsa entera de caramelos. No me quiso decir de dónde los había sacado y yo jamás vi que los comprara, a pesar de que pasamos todo el día juntas.

—Hola, Doris, ¿qué tal la escuela? —me pregunta mi madre. Pero no me mira ni espera a que le conteste. Sigue cantando algo sobre dejar la fría ciudad estadunidense y volver a casa, a un amante bajo el sol. Me quedo ahí parada, mirándola; me vuelvo a sentir invisible. Termina la cinta y me pregunta en dónde he estado desde que salí de clases.

—Nueva York.

Por fin me mira y me sonríe como si no me creyera.

—Apuesto a que otra vez has andado con esa Yolanda. Niña, te digo que esa señorita es un problema. Quiere crecer muy aprisa, ¿sabes? Mira... —Mami me toma la barbilla con la mano, que huele a orégano y ajo y otras especias de la isla. Se ve muy cansada. Es baja como yo y nos parecemos mucho, aunque no creo que se haya dado cuenta—. Doris, hoy en la noche no tienes que estudiar, ¿por qué no vienes con nosotros al centro nocturno a oír música?

Lleva años pidiéndome una vez por semana que vaya, pero no me interesa ir a un centro nocturno de segunda repleto de borrachos. Además, tendría que quedarme sentada atrás todo el tiempo porque soy menor de edad. En caso de que la policía llegara a inspeccionar, podría salirme por la puerta de la cocina. Cuando era pequeña tenía que ir con ellos mucho, y no era divertido. Prefiero quedarme sola en casa.

Niego con la cabeza y me voy a mi cuarto. Me pongo una almohada sobre la cabeza para no tener que escuchar la música ni a mi madre cantar sobre enamorados en las islas, con playas y sol.

Paso todo el sábado en casa de Yolanda. Tenemos el lugar para nosotras solas porque su madre trabaja los fines de semana. Cree en el espiritismo, así que hay veladoras por todas partes, con cosas escritas en sus envases de vidrio. Cosas como "para el dinero y la suerte", "para protección contra los enemigos", "para traer a tu amado a casa". Tiene un altar montado en una mesita, con estatuas de santos y de la Virgen María, y una foto de su difunto marido, el padre de Yolanda, muerto en un robo. Yolanda dice que ya no lo recuerda muy bien, aunque sólo han pasado un par de años desde su muerte.

El lugar está mal ventilado y huele a incienso. Yolanda me dice que vamos a ir de compras.

—¿Tienes dinero? —Noto que lleva puesto un impermeable grande, de su madre. Está hecho de plástico verde brillante y tiene unos bolsillos enormes. Empiezo a sentir una punzada en el estómago y por poco le digo que prefiero irme a mi casa y acostarme.

—Tengo todo lo necesario, cariño.—Yolanda modela el feo impermeable dando vueltas y vueltas en el pequeño cuarto.

Al salir, tenemos que pasar por mi apartamento, y puedo escuchar que mi madre canta una vieja canción sin la acostumbrada música de fondo. Me detengo a escuchar. Es *Cielito lindo,* una especie de canción de cuna que solía cantarme cuando era pequeña. Su voz suena dulce, como si por primera vez estuviera bien metida en la canción. Yolanda se para frente a mí, con las manos en las caderas, viéndome raro como si pensara que soy una chiquilla sentimental. Antes de que me diga algo sarcástico, bajo corriendo por las escaleras.

Hoy Yolanda no se conformará con ver los aparadores. Dice que ha encontrado algo que quiere de veras. Cuando entramos en la tienda, una de las más caras del centro, me lo muestra. Es un bolso de noche negro, con lentejuelas y una correa larga. Se lo cuelga del hombro.

—Está lindo —le digo, y a cada minuto me siento más enferma. Quiero salirme lo antes posible, pero me siento tan débil que no me puedo mover.

—¿De veras te gusta, Doris? —Yolanda abre el bolso y saca el relleno de papeles arrugados. Mete la mano al bolsillo y saca un puñado de caramelos—. ¿Quieres?

Con un sólo movimiento se ha metido el bolso en uno de los bolsillos del impermeable.

—Yolanda...

Por fin empiezo a sentir mis piernas. Retrocedo, me alejo de esa escena que empieza a desplegarse frente a mí a gran velocidad, como si alguien hubiera gritado "¡acción!" en las locaciones de una película. Yolanda está ahí parada, comiendo caramelos. Yo retrocedo, aunque ella trata de darme algunos. Un hombre de traje gris se acerca a ella. Estoy detrás de una estantería con bolsos. Huelo el cuero. Me recuerda los tambores de mi padre, que me dejaba tocar cuando era pequeña. Yolanda mira a su alrededor, pero no me puede ver. Sigo retrocediendo hacia la luz de la puerta. Sé que no debo actuar asustada, que no debo correr. La gente me mira. Sé que pueden verme. Sé en donde tengo las piernas, en dónde tengo los brazos, en dónde tengo la cabeza. Estoy en la calle, bajo el sol. Una mujer con una carriola choca conmigo y dice "¡perdón!" ¡Puede verme! Al cruzar la calle de prisa, escucho la sirena de una patrulla que se acerca. Camino más y más rápido, hasta que voy corriendo y el mundo me pasa tan rápido que no puedo ver qué hacen los demás. Lo único que escucho es el fuerte latido de mi corazón.

Cuando llego a casa, mami sale de la recámara como si acabara de despertar de un sueño profundo. Me recuesto en el sofá. Sudo y tiemblo; una sensación de malestar en el estómago hace que me acurruque. Mami me toma la cabeza entre las manos. Sus dedos son suaves y cálidos.

—¿Estás enferma, hija?

Asiento con la cabeza. Sí. Estoy enferma. Me enferma seguir a Yolanda cada vez que se mete en problemas, y estoy harta. Ella tiene problemas que la hacen actuar de una manera alocada. Quizá algún día los resuelva, pero ya es hora de que yo empiece a tratar de descifrar quién soy y a dónde quiero llegar, antes de tratar de ayudar a otra persona. A mi madre no le digo nada de esto. Prefiero dejarme mimar un ratito.

Aun mientras me toca la frente para ver si tengo fiebre, mi madre no puede evitar tararear una melodía. Es una canción que yo conocía. Habla sobre estar sola, hasta en medio de una multitud, y de cómo así es la vida para la mayoría de la gente. Pero tienes que estar siempre pendiente del amor, porque allí está, esperándote; ése es el estribillo. Mantengo los ojos cerrados hasta que empiezo a recordar la letra, hasta que me la aprendo de memoria. Y sé que seguiré pendiente, pero no sólo eso. A veces tienes que correr rápido para atrapar al amor, porque es difícil de ver, hasta cuando lo tienes enfrente. Le digo esto a mami, quien ríe y empieza a cantar de verdad. Está muy metida en la canción, cantando como si estuviera en el Carnegie Hall, cantando frente a cientos de personas, aunque yo soy la única que la escucha. La canción es para mí. ❖

El espejo de Matoa

1.

❖ HARRY VINO en persona al apartamento de Kenny para invitarlo a la fiesta que habría esa noche en su casa. La madre de Kenny estaba furiosa con su hijo sólo por permitir que Harry entrara a la casa. "Basura", llamó a su amigo. Kenny dejó a Harry esperando en la sala, donde sus hermanitas empezaron a molestarlo, mientras él se fue a su cuarto a ponerse su ropa de fiesta: vaqueros azules, camiseta de los *Tiburones* y chamarra de cuero negro. Su madre lo siguió a su cuarto.

—Kenny. —Por el tono en que dijo su nombre, sabía que le iba a dar un sermón, así que se metió a su pequeño clóset y se vistió en la oscuridad mientras la voz siguió—: Este Harry significa problemas. Problemas, hijo, problemas serios. ¿Quieres acabar en la cárcel o quizá muerto?

Siguió y siguió hablando de Harry. Había escuchado cuentos de terror en el barrio, sobre narcotraficantes y balaceras en la calle. En su versión, Harry la hacía de diablo, tentando a los inocentes muchachos y muchachas del barrio con drogas gratis y una vida fácil, hasta que quedaban "enganchados". Luego tenían que pagar el precio.

Kenny gruñó fuerte en el clóset, esperando que su madre captara el mensaje y lo dejara en paz. Salió con todos los pelos parados por haber tenido que maniobrar entre la ropa y los zapatos. Ella siguió hablando sin parar mientras él se sentaba en la cama, a su lado, para ponerse sus botas de combate. Negó con la cabeza, incrédulo. Su madre vivía en otro mundo. Trabajaba como ama de llaves para una ejecutiva en los suburbios, veía cómo vivían los ricos, y luego llegaba a casa en las noches a decirles a él y a sus hermanas que si cenaban todos juntos, veían los programas educativos en la televisión e iban al dentista regularmente, también ellos podrían ser una familia estadunidense *normal*. *Claro*. En realidad no era más que una fantasía, pues ella también había recibido sus dosis de realidad en el barrio, como el mes pasado en que la golpearon a plena luz del día, en la parada del autobús, para quitarle el reloj, y otros incidentes que achacaba a la mala influencia que personas de fuera, *como Harry*, ejercían sobre los buenos muchachos del barrio. Estaba predispuesta hacia Harry, quien tenía veinticinco años y hacía fiestas en su casa cada semana, sólo para sus invitados. Ella tenía la impresión de que Harry quería inducir a su hijo al mundo criminal en que vivía, para después esclavizarlo. Demasiadas películas malas en el canal hispano, supuso Kenny.

Ahora ella le rogaba:

—Por favor, hijo. Kenny, piensa en lo que te estás metiendo —dijo, tratando de abrazarlo. Pero como ella es doce centímetros más baja que él, todo lo que tuvo que hacer para evitarla fue levantarse. Saltó de la cama sin mirar a su madre. Lo había puesto de malas con su constante melodrama sobre las calles peligrosas. Y no quería seguir escuchando sus sospechas sobre Harry.

—Mami, sólo voy a una fiesta. No es para tanto, ¿no? —dijo Kenny, dándole la espalda para peinarse en el espejo cuarteado. Movió la cabeza hasta encontrar un ángulo en que pudiera verse sin que la línea torcida que atravesaba el espejo lo cortara como una carretera sinuosa en un mapa. Había sido el gabinete para·afeitarse de su padre; era un mueble antiguo con un espejo colgante. Lo había puesto un día porque el baño siempre estaba ocupado. El apiñamiento de tres hijos y una esposa en un apartamento de dos recámaras y un baño había sido demasiado para él. Si a eso le añadimos el reproche constante de una "vida mejor", un hombre puede volverse medio loco, pensó Kenny. Un día simplemente no regresó de "la oficina", como llamaba a la cocina del Caribbean Moon, donde preparaba bocadillos grasosos para los clientes.

"A los borrachos les da hambre pasada la medianoche", lo había oído decir Kenny. "Les gusta comer ya tarde, para tener qué vomitar por la mañana."

Kenny terminó de arreglarse el grueso cabello en un mechón negro que dividía sus sienes, rasuradas a navaja, como un signo de exclamación. Después dejó el peine en el tazón de porcelana, sobre la vieja navaja oxidada de su padre y las hojas de repuesto pegosteadas al tazón. Su viejo no se llevó nada consigo; seguramente no pudo con la idea de ver a su esposa con cara de viuda en un entierro, como se veía ahora. Kenny la miró en el espejo. Lloraba en silencio. Sentada en su cama, una mujer regordeta con cara bonita y el cabello negro, grueso y rizado, como el suyo. Sus manos, enlazadas sobre el regazo como si estuviera rezando, estaban rojas y peladas por los químicos que usaba para limpiar la casa de la señora rica. Ni siquiera los guantes de hule podían proteger su piel del arduo trabajo de matar los gérmenes de otras personas. Kenny había decidido hacía mucho que eso no era lo que él quería para su vida. No quería llegar a casa a las tres de la mañana, apestando a aceite de cocina viejo y ajos rancios, ni quería pasarse el día puliendo el oro y la plata de otros. Hizo de cuenta que se miraba en el espejo por última vez, y la vio bajarse de su cama. Vio que se veía trágica, como si él le hubiera roto el corazón o algo así. Sus ojos se encontraron un instante, y percibió que ella tenía miedo. Lo enojaba que quisiera tenerlo encerrado en la casa, como a sus hermanas, como si no pudiera cuidarse solo en el mundo, ni defenderse contra las "malas influencias". La ignoró hasta que salió de su cuarto, arrastrando los pies. Con sus pantuflas de felpa y su holgada bata de casa, parecía una mujer que había abandonado casi todo, incluso su apariencia. A veces Kenny pensaba que hubiera podido hacer algo para retener a su marido. Quizá arreglarse un poco, o haber tratado de ser más alegre. Pero ése era un asunto viejo.

—¡Matoa! No tengo toda la noche. ¿Vas a venir? —Harry gritó desde la sala, por encima de las risitas de sus hermanas. Kenny supo que Harry las había cautivado.

2.

La casa de Harry es un desorden después de la fiesta. Los vasos de papel parecen gorritos de fiesta, regados por todas partes. La televisión, que sigue en el canal de música, está tocando una canción de rap a todo volumen, mientras que el tocadiscos toca otra. Matoa se ríe cuando las palabras se confunden en su cabeza. La mesa de centro parece desplegar un *buffet* de basura; Harry mismo se ha quedado dormido en el sofá. Matoa se siente ajeno a la escena, como si acabara de ver una buena película de acción y hubieran encendido las luces del cine. Hora de marcharse. Mira el lugar detenidamente por última vez: lo que se dice estar bien surtido, piensa. Un apartamento de verdad, en un edificio, no en una vecindad decrépita como El Building. Harry tiene lo último en equipo electrónico, y todos los muebles son de reluciente piel blanca y negra. También le había enseñado su clóset. Era casi del tamaño del cuarto de Matoa, y estaba atiborrado del tipo de ropa que Matoa sólo había visto en los anuncios de revistas. Silbó de asombro cuando Harry sacó un par de zapatos italianos que —dijo— le habían costado doscientos dólares.

Fue una fiesta pequeña, sólo diez o quince personas, todas mayores que Matoa. Al principio se había sentido fuera de lugar, sobre todo con las mujeres, que parecían modelos de alta costura con sus vestidos entallados y sus tacones altos. Pero todos habían sido muy amistosos, y después de algunos tragos y algunas muestras de Harry, la cosa había cambiado. Matoa empezó a sentirse en casa. Las mujeres dejaron de parecerle tan altas e imponentes, y los hombres lo trataron como sus hermanos de los *Tiburones*.

Matoa sale al corredor. Frente a él hay una escalera en espiral; por un minuto le parece una resbaladilla gigante, pero esto es porque la alfombra oscura hace que los escalones se desvanezcan en la luz tenue. Al bajar, se pesca del barandal con una mano, todavía se siente bastante bien.

Matoa camina hacia El Building por instinto. No sabe qué fue lo que acabó por pegarle, pero ha empezado a sentir que está en medio de una nube de colores y luces que le dan vueltas: los faros de los carros dejan una estela al pasar, y las luces del alumbrado público se conectan entre sí como una pista dorada. Matoa se recarga contra una pared, para tratar de estabilizarse. El edificio se mece. Se cubre la cabeza, pensando que el edificio le caerá encima. Ríe, y el sonido de su risa va dando tumbos por la banqueta, como una lata arrastrada por el viento. Es como si alguien hubiera subido el volumen al máximo dentro de su cabeza.

Mientras espera que su cerebro le diga en dónde tiene los pies, Matoa fija sus ojos en la entrada del Building, pero se le escapa. Está parado y todo lo demás da vueltas y vueltas.

Es tarde. Lo único que se ve en las calles es la basura que será recogida en unas cuantas horas. A Matoa le parece un paisaje de montañas y valles, todas las bolsas y cajas y los basureros oxidados. El que ha escogido para apoyarse huele bastante a rancio. Se concentra en alcanzar la puerta. Pero cuando afoca a un montón de bolsas de basura más cerca de su destino, Matoa ve algo que parece un espejo. Afocando con mucho esfuerzo, puede ver que es elegante, con un marco de madera blanca. Adelanta unos pasos hacia él, pero retrocede a la pared cuando ve que algo en movimiento se ha reflejado.

Matoa siente como si fuera arrastrado bajo el agua por una corriente subterránea. Tiene que luchar contra la pesantez de su cuerpo para moverse, pero tiene suficiente conciencia para saber que si alguien anda por ahí a esas horas, lo mejor es esconderse. No está en condiciones de buscarse problemas. Decide descansar un poco. Se desliza hacia el suelo y apoya la espalda en la pared. Trata de concentrarse en el espejo blanco, pero está mareado. Cierra los ojos un minuto. Cuando los abre, ve que el rostro en el espejo se ha convertido en una especie de pantalla de televisión. Se talla los ojos, pensando que sueña o alucina. De cualquier forma aún se siente bien. Decide ver el programa.

Le parece ver figuras humanas moverse en el espejo. Parece ser el reflejo de algo que pasa en el callejón. Entrecierra los ojos para ver más claro, deseando poder concentrarse. Es como si estuviera viendo la función de medianoche, en los intervalos en que te despiertas, así que las cosas como que tienen sentido y como que no. Como sea, parece que a un tipo le están dando una buena tunda. El que le da lo tiene en el suelo, y lo remata con los pies. Matoa siente que una oleada de náuseas lo recorre, pero no se mueve. Hay una cierta emoción en observar desde la barrera. Trata de mantenerse despierto para poder ver. Pero los ojos se le entornan, y tiene que forzarlos para enfocar el espejo. Cosa curiosa, no escucha ningún sonido. Uno esperaría oír algunas maldiciones, o por lo menos quejidos del que está en el suelo. Pero Matoa piensa que quizá está tan servido que no puede oír. En su control remoto imaginario, oprime el botón de MUTE y se ríe en voz alta. El sonido de su propia risa lo sobresalta y se vuelve a arrimar a la pared, a la sombra. No quiere que lo escuchen. En esta ocasión sólo quiere mirar.

El chico levanta el brazo como implorando clemencia. Lleva una chamarra de cuero negra; Matoa puede ver que es igual a la suya, hasta trae el mismo parche con la bandera de Puerto Rico. Esto se está poniendo muy raro, piensa Matoa. "¡Oye, levántate!" Cree haber dicho esto en voz alta, pero quizá sólo lo pensó. Trata de verle la cara al tipo, pero no puede distinguir sus facciones ensangrentadas. Luego el chico se cae y se queda muy quieto. El otro le da un par de puntapiés más y le aplasta el rostro con su bota de combate.

—¡Oye! —grita Matoa antes de que pueda evitarlo. Aunque no escucha ningún sonido, casi puede sentir cómo crujen los huesos bajo la bota, que es de militar, de las que se compran en las tiendas de saldos del ejército, como las que usan él y sus amigos. Puedes hacer mucho daño con una bota así, con punta de acero. Trata de levantarse y ayudar al chico. No puede dejar que lo asesinen así nada más. Y además puede que sea un vecino o un amigo. Había algo muy familiar en él, en ambos. Pero de pronto todo se le pone negro a Matoa.

Debe haberse desmayado, porque cuando abre los ojos ya va a amanecer. Ve a Tito, el portero del edificio, en el sótano. Las luces están encendidas; Tito debe estar revisando los calentadores. Matoa no quiere que su madre lo encuentre tirado en la banqueta como un vagabundo cuando se vaya al trabajo. Haría una escena allí a media calle. Así que se levanta, deslizándose contra la pared. Luego ve el espejo recargado contra un bote de basura. Lo que había visto en el callejón le viene de golpe. Decide que fue un sueño. Matoa se mira al espejo, de arriba abajo. Caray, hombre, se dice a sí mismo. ¡Vaya que se ve rudo! Su chamarra tiene una mancha viscosa. Espera que no sea aceite. Se acerca más al espejo y se inspecciona; advierte que tiene los nudillos raspados, ¿se habría caído en el concreto? Obviamente, se limpió en la chamarra. Sus botas dejan huellas oscuras en la banqueta. Matoa se sacude un trozo de lechuga seca del hombro. Mira al callejón, pero no hay rastro de acción. Luego le vuelve a dar el mareo. Siente la cabeza como si le hubiera pegado un tráiler.

Matoa decide meterse a escondidas en su apartamento y dormir, para que se le pase antes de que se levanten su madre y sus hermanas. Como quiera, se va a llevar el espejo. Él lo encontró, y si no se lo lleva él, se lo llevará alguien más. Matoa trata de levantar el espejo, pero está pesado, más pesado de lo que esperaba. Así que mira alrededor para asegurarse de que nadie lo esté viendo, se lo echa a la espalda y empieza a arrastrar esa carga, que lo dobla. Alcanza a ver su reflejo: no se ve nada bien.

Por fortuna, sólo tiene que subir un piso. El espejo pesa lo mismo que él. Tembloroso y sin aliento, Matoa batalla con la cerradura; espera que su madre no se vaya a despertar y tenga que explicarle lo de anoche. Las cosas han llegado a tal punto que Matoa no puede llegar a su casa sin ser interrogado, así que ahora sólo trata de evitar a su madre y a sus hermanas, que siempre lo están señalando entre risitas. Anhela el día en que tenga su propia casa y no le deba explicaciones a nadie.

3

Matoa deja el espejo en el suelo de su cuarto, y se tira en la cama sin quitarse la ropa apestosa, demasiado agotado para preocuparse por su aspecto o por su olor. El corazón le late en el pecho como un puño. Se aprieta la cabeza con las manos, tratando de mitigar las oleadas de sangre que chocan con violencia. "Demasiada diversión", se dice a sí mismo. Finalmente cae en un sueño intermitente que dura minutos u horas —no lo sabe a ciencia cierta—, hasta que se sienta en la cama y ve que el sol entra de lleno por la ventana.

—Hombre, esta noche ha durado dos o tres días —dice en voz alta para convencerse de que realmente está despierto. Trata de levantarse, al sentir la urgente necesidad de vomitar—. ¡Ay! ¡Ay! —grita sin querer por el dolor que siente en la cabeza y en el estómago revuelto. Ha aprendido la lección: la próxima vez no experimentará tanto. Las mezclas te producen pesadillas y una resaca monstruosa. Gime sin querer y se maldice. Lo que menos quiere en este momento es tener que hablar con nadie. Pero es demasiado tarde. Oye voces y pasos que se acercan a su cuarto.

—¿Qué crees que tenga? —oye que una de sus hermanas pregunta en el pasillo.

—¿Qué *crees*? —responde la otra con sarcasmo—. *Glug, glug, pop, pop* —añade.

Risas. Matoa escucha la voz preocupada de su madre, reprimiéndolas. Quiere levantarse y cerrar la puerta con llave, pero no siente sus piernas.

Matoa trata de levantarse de la cama, pero recae, incapaz de equilibrarse.

Luego advierte el espejo frente a la cama. La cabeza le da vueltas al ver que se disuelve en colores y se define una escena familiar.

—¡No! ¡No! —aúlla, y el sangriento espectáculo de anoche se repite. En este momento no puede soportarlo. Pero sin quererlo, sus ojos siguen a los dos tipos que se empiezan a golpear. Todo sucede como antes, sólo que esta vez puede verlos claramente. Sabe quiénes están en el espejo. Los dos rostros son idénticos. Un remolino invisible lo ha sumergido en la escena y no tiene fuerzas para pelear, escucha sus propios gritos.

Cuando su madre y sus hermanas irrumpen en su cuarto, Matoa está apoyado contra la pared, en la orilla de la cama, los ojos se le salen de las órbitas. Les grita:

—¡Miren! ¡Miren!

Pero cuando voltean hacia donde apunta con vehemencia, lo único que ven es a su Kenny reflejado en un espejo que nunca habían visto. Pero de alguna manera se ha transformado; en vez de ser el tipo rudo que conocen, parece más bien un desquiciado, o quizá alguien que ha visto un fantasma. Una dice que hay que llamar a Urgencias. Su madre se le acerca nombrándolo y tendiendo la mano hacia su rostro. Pero Kenny Matoa se aleja de sus dedos ásperos, arrastrándose, y se voltea para no ver sus ojos tristes y asustados.

—¡Déjame en paz! —le grita—. ¡Lárgate!

Aprieta los ojos para defenderse de la intensa luz que rebota del espejo blanco como un rayo láser apuntado hacia él. Se siente como con un agujero ardiendo en su cráneo, y la voz de su madre aún lo llama, entra en los recovecos de su cerebro, lo sigue hasta los oscuros rincones donde se esconde. ❖

Don José de la Mancha

❖ —OYE, YOLANDA, te vas a perder *Traicionada por el amor otra vez*. Hoy va a estar bueno. Dijeron en el anuncio que a lo mejor lo abandona, cuando se entere de la otra mujer —me grita Maricela al subir por los escalones de la entrada del edificio, cargando una bolsa de comestibles y arrastrando a su pequeño. Lleva prisa, porque en un momento más va a ser hora de la telenovela de la tarde.

    —Oye, Pablito, ¿quieres jugar al avión? —Trato de captar su atención enseñándole un trozo de gis, para que sepa que lo digo en serio. Apenas tiene dos o tres años, pero le gusta saltar en los cuadros con los dos pies. Veo que trata de zafarse de su mamá, pero lo tiene bien agarrado de la manita. Nada le va a impedir llegar a ver la televisión. Lo oigo gritar "Yoli, Yoli" —que es como me dice— hasta el tercer piso. Es una locura, todo el barrio es adicto a esta telenovela; es la única hora del día en que la calle frente al Building está prácticamente desierta. Hasta los hombres la ven, mientras juegan dominó en el cuarto trasero de la bodega de Cheo.

Pero *yo* estoy sentada en la escalinata de entrada al Building, en vez de estar viendo la telenovela con mi madre, a causa de su nuevo novio, don José. No se llama don; don quiere decir algo así como señor o Su Señoría o Su Majestad o algo por el estilo. Lo único que sé, es que mi madre quiere que trate al tipo este con R-E-S-P-E-T-O. Hasta me lo deletreó.

Veo a Kenny Matoa maniobrando con su bicicleta por la acera, y se me ocurre que ésta puede ser una oportunidad para conversar un poco en inglés. Don José no lo habla, así que cada noche tengo que hacer gala de mi reducido vocabulario en español para hablar con él. Sin embargo Kenny no parece tener muchas ganas de platicar. Supe que ha cambiado mucho desde que se dio un pasón con algo y acabó una mañana en la sala de urgencias. Lo único que sé, es que últimamente pasa *mucho* tiempo en casa. Lo sé porque su apartamento colinda con el nuestro, y puedo oír su radio la mitad de la noche.

—Oye, *don* Matoa, ¿dónde has andado? ¿Qué vas a hacer este verano? ¿Ya conseguiste trabajo? —Le lanzo estas preguntas mientras encadena su bicicleta al barandal. Me ignora por completo, pero al entrar se detiene para jalarme la coleta. Ésta es mi vida social. Desde que me metí en problemas con la policía a principios de año por tratar de robarme algo de una tienda, mi madre me trata como una niña. No puedo salir a ningún lado más que en grupo, siempre y cuando vaya un adulto. Cada vez es peor.

Mami ha empezado a salir con un hombre. Digo, yo pensé que ya se había conformado con ser viuda, y reunirse con el espíritu de papi en las sesiones semanales. Ha sido difícil para las dos desde que mataron a papi. Lo peor fue que nadie del lugar donde trabajaba —era guardia de seguridad en una tienda lujosa del sector rico de la ciudad— se presentó siquiera a dar el pésame. De hecho, su muerte ocurrió hace dos años y todavía no pagan el seguro. Dicen que fue su culpa porque se le atravesó a la bala, o algo así. Tienen abogados contra nosotras. No lo entiendo. Mami tiene que trabajar los siete días de la semana, y se está volviendo medio loca. Yo trato de olvidarme del pasado y divertirme. Tomé un par de cosas pequeñas de tiendas, y no pensé que las fueran a extrañar.

Pero mami no lo entendió así. Después de que me recogió en la estación de policía, me dijo que si me volvía a meter en problemas, la tendrían que internar en el sanatorio de Bellevue, porque ya no podía soportar tantas preocupaciones y penas. Así que me he portado bien, le sigo la corriente con lo de las sesiones y las velas, pero lo del novio es punto y aparte.

Una noche estábamos empezando a prenderle velas al alma de papi en la tina del baño; El Building es un infierno en la torre a punto de estallar, así que convencí a mi madre de que las pusiéramos allí. Le impresionó tanto mi sugerencia que cuando las dos nos arrodillamos frente a la tina como si fuera un enorme pastel de cumpleaños blanco, me dijo: "Yolanda, hija, creo que ahora sí ya estás madurando". Lo dijo en español, *madurando*, que se usa a la vez para la gente y para la fruta, así que le dije: "Sólo dime cuando yo empiece a apestar. No quiero pudrirme sin darme cuenta". Pero no me entendió, verán, uno tiene que ser bilingüe para entender chistes como éste. Su inglés es muy elemental. En fin, el caso es que oímos llamar a la puerta. Yo esperaba que fuera alguno de mis amigos, pero como era sábado en la noche, la mayoría habría salido y estaría divirtiéndose mientras yo estaba en casa con mi madre, encendiéndoles velas a los muertos. Abro la puerta y hay un tipo ahí parado, que parece recién desembarcado de la isla. La ropa fatal. Y un bronceado que no se hizo asoleándose en la playa. Digo, siempre puedes distinguir a los recién llegados al barrio. Es lo que por aquí llaman *la mancha*. Como si tuvieras un manchón de aceite en la ropa. No hay modo de ocultarlo.

Había venido a vendernos boletos para el baile de salsa en la iglesia de Saint Mary, de donde era custodio. A juzgar por su apariencia, el sótano de la iglesia era todo lo que conocía de los Estados Unidos de América desde su llegada. Parado en la puerta, con el sombrero de paja en las manos, nos platica que es de las montañas de Puerto Rico, que es viudo y no tiene hijos, y que quisiera conocer Nueva York. *Habla* como montañés. Entre cada palabra dice "ay, caramba" y se rasca la cabeza como si no se acordara a qué había venido. Yo estaba a punto de informarle que estaba en Nueva Jersey y no en Nueva York, pero mi madre me pellizca el brazo, lo que significa que me calle. Parece fascinada por su hablar cantadito. Le compra dos boletos y por fin se va, pero no sin que mi madre lo invite antes a ver la telenovela el lunes por la noche.

Cuando mi mamá cierra la puerta, no puedo evitar señalar:

—Cree que está en Nueva York. ¿Puedes creerlo?

—Yolanda, hay gente en la isla que llama Nueva York a todo Estados Unidos —me explica, mirándome con expresión de "deberías saberlo".

Ignorantes, me digo a mí misma.

—Los pantalones le quedan zancones —le digo. También hubiera podido señalar que ya nadie usa corbatas de veinte centímetros de ancho, ni zapatos puntiagudos café con blanco.

—Yolanda, don José vivió en el campo, en la isla, toda su vida. Su manera de vestir es anticuada...

—Mami, se viste como salvaje.

—¿Qué quieres decir con eso de "salvaje", hija?

Busco en mi cabeza la palabra que había oído para describir a la gente fuera de lugar.

—*Jíbaro* —le digo—. Actúa como un jíbaro.

—Para algunas personas eso no es un insulto, Yolanda —me dice—. Cuando era pequeña y vivía en la isla, los jíbaros eran el alma de nuestro país; la gente buena y sencilla que cultivaba los campos.

No parece muy contenta de que lo haya llamado jíbaro. Pero si aprendí sobre los jíbaros con la mancha, fue por oírla chismorrear con sus amigas acerca de las personas que acababan de llegar de la isla. Viene de la idea de que las personas que cultivan su propia comida en la isla, siempre tienen la ropa manchada de los bananeros. Ahora significa que se visten y se portan raro, como si nunca en la vida hubieran visto una ciudad. Creo que don José debió haber tenido esa ropa guardada veinte años en una caja, en espera del día para usarla en Nueva York.

Así que desde hace dos semanas ha venido a nuestra casa todas las noches. Y últimamente ha estado trayendo su guitarra y se pone a cantarle a mi madre canciones jíbaras tontas, mientras ella le prepara café con leche, que es leche dulce con un chorrito de café, como a él le gusta. Me vuelve loca. Sin que se diera cuenta, grabé las canciones en mi minigrabadora, escondida en mi bolsillo, para que mi madre pudiera oír lo ridículo que suena.

"Ay, ay, ay, ay". Siempre empieza como un gato aullando. "Te vengo a cantar, joya de mi corazón, a ti te voy a dar, ay, ay, ay, ay, mis canciones, mis flores y mi amor."

En español más o menos rima, pero como quiera me revuelve el estómago. Él y su guitarra suenan como si estuvieran llorando. Mi madre llora cuando lo oye cantar canciones viejas. Y cuando le pongo la cinta que grabé, en vez de estar de acuerdo conmigo en que es una porquería, me pide que la vuelva a tocar. Allí me doy cuenta de que lo de este tipo es en serio.

Aunque, eso sí, debo admitir que don José me ha quitado un peso de encima: ya no tengo que preocuparme tanto por mi madre. Ha sido duro verla tan sola y miserable, hablando más con los muertos que con los vivos, encendiendo velas cuando no está trabajando como loca en el supermercado. Hace un par de meses, poco después de que me llevaran a la estación de policía (me soltaron después de que ella les suplicó que la dejaran pagar la mercancía y llevarme a terapia), la encontré llorando sobre la almohada de su cama. Trataba de ahogar sus sollozos para que no la oyera, pero me di cuenta de que estaba muy dolida. Ya no le importaba ni su aspecto, usaba vestidos horribles para andar en la casa, y si no, el uniforme de cajera, que es aún más feo. Estos últimos días se ha estado arreglando para sentarse a ver la televisión con don José. Ya ni siquiera voy a hablar de cómo se viste él, pero el agua de colonia en la que al parecer se baña, me obliga a salir del apartamento cada vez que llega.

Cuando entro hay anuncios en la televisión y se están riendo de algo. Había olvidado cómo se ve mi madre cuando está contenta.

—José dice que ha ganado trofeos de salsa, Yolanda. ¿Puedes creerlo?

—No, no puedo.

Es una escala técnica, pero tengo que pasar junto a él para llegar al baño. Es un error. Se pone de pie de un salto, me hace una caravana y me pregunta:

—¿Bailamos, señorita?

—Debe estar bromeando —le digo. Le echo una mirada que espero lo haga entender qué pienso de él, y me voy a lo mío. Digo, ¿quién se cree el payaso este para invitarme *a mí* a bailar con él?

Cuando vuelvo a pasar por la sala, de salida, están sentados en silencio en el sofá, cada uno en un extremo, viendo a una pareja que se besa en la televisión. Por sus miradas entiendo que en realidad no ven lo que pasa en la pantalla sino lo que ocurre en sus propias mentes. Es como si la temperatura hubiera bajado diez o quince grados, como dicen que sucede cuando un fantasma entra en una habitación. Mientras estaba en el baño, los oí hablando en voz baja; pensé que quizá hablarían de mí. Me pregunto si mi madre le habrá contado lo que digo de él, que es un salvaje y eso. No me importa. Mi madre podría tener alguien mejor que este jíbaro

Sigo pasando el rato frente al Building, y veo que la gente empieza a revivir después de la telenovela, y en eso él sale. Inclina la cabeza hacia mí, pero no habla ni sonríe. Observo que hoy viste un poco más elegante. Sus pantalones le cubren los calcetines blancos *casi* por completo, y lleva zapatos negros, aunque eso sí, siguen estando más afilados que un cuchillo, como los del viejo chiste de que ¿por qué los puertorriqueños usan zapatos puntiagudos?: para poder matar las cucarachas en los rincones. El viejo don José, el exterminador, el relamido, camina por la cuadra con la espalda muy erguida. Por lo menos no mira hacia todas partes y arriba, hacia los edificios, como algunos de los recién llegados que jamás han visto un edificio de más de dos pisos. El cabello negro le relumbra como cuero bajo el alumbrado: es fácil darse cuenta de que le gusta usar brillantina, tanto como agua de colonia.

Mi madre apenas me responde cuando le digo "buenas noches", primero en inglés y luego en español, bastante fuerte. Esto es muy extraño, porque es como si hubiéramos cambiado de papeles: ella se comporta como yo, cuando estoy enojada con *ella*, y yo me porto como ella, cuando quiere hacer que le hable.

Mi siguiente paso para tratar de que mami vuelva a la realidad es sacar un día el álbum de fotos de papi. Era un tipo guapo que había nacido en San Juan, y no en un pueblo salvaje perdido en las montañas. Llegó a Paterson cuando era adolescente. Conoció a mami un año en que fue a visitar a su madre. Luego regresaron para vivir aquí. Mami había crecido en la isla y la extrañaba. Creo que por eso le gusta tanto este tipo: es de lo único que hablan: *la isla, la isla.* Mira las fotos conmigo, pero no se deprime como antes.

—¿Extrañas a papi? —le pregunto, tratando de hacerla recordar lo que sentía por él antes de que don José y su guitarra se apoderaran de nuestro sofá. Sostengo el álbum abierto en una fotografía de papi, con su uniforme nuevo de guardia de seguridad, del que estaba tan orgulloso. El trabajo en la tienda era su empleo nocturno. En el día trabajaba en una empacadora de carne. Jamás hubiera permitido que le sacaran una foto con el delantal ensangrentado que usaba allí. Lo detestaba. Antes de casarse y de que yo naciera, vestía muy bien. Después tuvo que trabajar en dos empleos para mantenernos. El empleo de guardia de seguridad fue para él como un sueño hecho realidad. Oí que le dijo a mami: "Por fin voy a usar una camisa almidonada y una corbata para ir al trabajo". El primer día salió del cuarto para modelar su uniforme, y ella le tomó una foto. Sostuvo el álbum en sus manos varios minutos, y después dijo:

—Sí, hija, extraño mucho a tu papi. Pero creo que su alma ya encontró reposo.

—¿Vamos a ponerle velas en la noche? Hoy es sábado.

Alzó las cejas como si no pudiera creer lo que le pedía que hiciéramos. Me había quejado de las velas cada vez que hacíamos la ridícula rutina de encenderle velas. Pero simplemente dijo:

—Yolanda, es hora de que dejemos que el espíritu de tu padre descanse. El querría que volviéramos a llevar una vida normal.

Miro las fotos de Coney Island y de Seaside Heights, y hay una en la que estoy con mi papi en el "martillo", en la feria, cuando era muy pequeña, y pienso que quizá la vida pueda volver a ser "normal" para ella, pero no para mí. Aunque las fotos fueran de las pocas veces que salimos juntos, puesto que papi trabajaba de día y de noche, para mí representaban la *familia*. Cerré el álbum y lo puse en la repisa.

Entonces mami me dice que esa noche vamos a ir al baile de salsa en Saint Mary.

—Yo no voy —le digo. Me parece que las cosas entre ella y don José van

demasiado aprisa. Después de todo, apenas llevan diez noches viendo la telenovela juntos y sólo han ido a misa dos domingos. Si las cosas van a volver a
ser "normales" eso significa que yo también puedo volver a mi vida.

—Está bien, Yolanda, si quieres puedes quedarte en casa.

No parece estar enojada sino desilusionada. Luego se pasa toda la tarde
arreglándose. Se tiñe las canas, luego plancha su vestido verde de lentejuelas.
Se da un baño de por lo menos una hora. Y mientras se riza el cabello, la oigo
cantar una de las tontas canciones jíbaras.

Él aparece por la puerta como un gángster de alguna película vieja en
blanco y negro: traje negro con rayitas blancas, zapatos bostonianos y sombrero,
que se quita cuando mi madre sale de su cuarto. Abre mucho los ojos cuando la
ve con el vestido verde entallado y con maquillaje, que no usaba desde la muerte
de papi. Yo misma me sorprendo. Es como si se hubiera quitado diez años de
encima con su baño de una hora.

—Parece usted la primavera en nuestra isla esmeralda —le dice don José
a mi madre. ¡Y ella se ruboriza! Después él le ofrece su brazo y se encaminan
hacia la salida sin siquiera voltear a verme.

—¡Oye! —le grito desde el sofá, donde me estoy atascando de helado y
galletas con chispas de chocolate; estoy cubriendo de migajas el mejor mueble
de la casa y ni siquiera se da cuenta—. ¿Llevas tus llaves? A lo mejor salgo.

Le digo esto para que sepa que en cuanto a mí, ya no estoy castigada. Si
ella puede irse de parranda, yo también. Me mira sin soltarse de su brazo.

—Tengo mis llaves. Y si sales, más te vale regresar antes que yo —me
mira como diciéndome que habla muy en serio.

—Bueno, ¿y a qué hora regresas? —le pregunto en un bostezo y con voz de aburrimiento, para que no vaya a pensar que me interesa.

—No lo sé —dice, sonriéndole a don José. Parecen dos tórtolos maduros, tontos y exagerados en su manera de vestir. Oigo sus risas mientras bajan por la escalera. Corro a la ventana y los veo salir del brazo, y encaminarse hacia la iglesia de Saint Mary que queda a cinco cuadras, así que al parecer van a pasear por el barrio, como si acabaran de irse de compras a la tienda del Ejército de Salvación.

Los sábados por la noche la televisión es una basura. Pasan deportes o películas viejas. Trato de ver a Betty Davis en un papel de bruja que intenta salirse con la suya, pero al final se enamora de un tipo. Es difícil creer lo que se ve en estas películas viejas: cuando se enamoran el mundo se detiene, y lo único en que piensan es cómo hacer para que la otra persona se enamore de ellos. Es como un trabajo, como un trabajo de tiempo completo, eso de estar enamorada. Y todo para que se den un beso al final. Hasta *yo* sé que eso no es todo lo que buscan.

Luego, de la nada, me empiezo a preocupar por mi madre. No tiene mucha experiencia con los hombres. Me dijo cientos de veces que papi fue su único novio.

¿Qué tal si este don José sólo finge ser un inocente jíbaro para poder estar a solas con ella? Debí haber corroborado su historia de que trabaja en Saint Mary. Ahora que papi ha muerto, yo soy responsable de la seguridad de mami. No sabe cuidarse cuando anda en la calle, como yo. Yo sé cuidarme sola. Recuerdo cuando llegaron los polis a decirnos que le habían disparado a papi.

Mami se puso histérica y yo tuve que llevarla en taxi al hospital, aunque apenas tenía trece años. Esperé afuera de la morgue mientras ella entró a identificar el cadáver, y me quedé con ella despierta toda la noche; decía que no quería cerrar los ojos porque le venía la imagen de papi cubierto de sangre. Yo vi la foto en el periódico. Su camisa blanca tenía una mancha grande, en forma de estrella. Le hubiera molestado que en la única foto suya que salió en el periódico, estuviera tan sucio. Yo la acompañé a comprarle ropa para el entierro. No teníamos mucho dinero, así que tuvimos que conformarnos con una guayabera, la camisa de vestir tradicional de Puerto Rico, y unos pantalones negros. Eso la puso todavía más triste. Sabía que a él le hubiera gustado que lo enterráramos con un traje elegante. Yo sólo quería terminar con todo lo antes posible. Ahí es cuando empecé a tenerle rencor a la gente de las tiendas. El lugar donde trabajaba mandó unas flores de plástico a la funeraria, pero no se presentó nadie a darnos sus condolencias. Y aún esperamos que nos paguen lo que nos deben.

Para esto, ya estoy caminando de un lado a otro como un león en el zoológico del Bronx. Me la imagino en un callejón, degollada, con el vestido verde desgarrado. La veo atada en un cuarto oscuro, prisionera de un hombre que canta canciones tontas y planea asesinarla. Imagino que don José es un hombre malo que se viste como salvaje para engañar a sus víctimas, y le está haciendo cosas horribles. Es fácil entender cómo una señora puertorriqueña de la edad de mi madre caería en una trampa así. Se supone que los jíbaros son gente buena, inocentes como niños, dicen, campesinos simplones que no matan ni una mosca.

Ya me puse mal. Tengo náuseas y siento el estómago como si me hubiera tragado una piedra. Tiro el cartón vacío de helado de vainilla con jarabe de chocolate y la bolsa de galletas, que ahora sólo tiene moronas en el fondo. Después trato de sentarme y tranquilizarme. Cambio los canales y me quedo viendo un especial sobre crímenes violentos en las ciudades de Estados Unidos, que pasa en el canal de noticias. Eso me colma. Tomo las llaves y bajo a toda velocidad camino a Saint Mary. El barrio está muy prendido. Hay un torneo de dominó en el almacén de Cheo y está a reventar. Alguien ha puesto una grabadora portátil en una silla afuera de la tienda. Se escucha una canción de Rubén Blades a todo volumen, algo sobre cómo las mujeres adoran a los hombres bien vestidos.

Doris y Arturo están frente a La Discotería, la tienda de discos, viendo el cajón de cintas en oferta.

—Oye, Yolanda, ¿a dónde vas? —me grita Doris cuando corro junto a ellos.

—¡A Saint Mary! —No me detengo, sobre todo porque escucho una sirena de policía más adelante, y estoy segura de que han encontrado su cadáver. *¡Voy a quedarme huérfana!* ¡Me enviarán con padres adoptivos que me golpearán y abusarán de mí! Corro más rápido aunque siento que los pulmones me van a estallar. Oigo a Doris y Arturo, que tratan de alcanzarme. Se vienen riendo. Han de pensar que me volví loca después de llevar semanas encerrada.

—Oye, Yolanda, ¿vienen tras de ti? —Doris señala la patrulla que trata de entrar en la calle del barrio que la gente utiliza como si fuera su patio los fines de semana. Hay hasta parejas bailando a media calle.

Llego frente a la iglesia antes de detenerme. Oigo la música que se filtra por el enrejado de la banqueta. El baile es en el sótano. Están tocando un bolero, cantado por Daniel Santos, el viejo cantante isleño que mi madre adora. Se murió hace siglos, pero la gente lo sigue oyendo, la gente mayor, claro. Como ha pasado más de la mitad del baile, ya nadie pide los boletos, así que me abro paso entre las personas sudorosas de las escaleras hacia el sótano. Está oscuro y lleno de gente. Por fin logro entrar. Oigo a Doris jadeando a mis espaldas. Me siguieron, para lo cual tuvieron que correr muy aprisa.

—¿Quieres perder a los policías aquí, Yoli? —Doris trata de ser graciosa. Le digo que se calle y que me ayude a encontrar a mi mamá. Arturo es quien me dice, con su voz suave:

—Allá está tu mamá, Yolanda.

—¿Dónde?

Veo un montón de gente que hace un círculo cuando se empiezan a oír los acordes un tango, pero no puedo ver a través de ellos. Arturo me saca una cabeza de alto. Señala una pareja que baila en medio del círculo. Aparto a dos personas para poder ver mejor. Atrás de mí, Doris trata de ocultar una risa. Es un espectáculo extraño.

Mi madre baila el tango con don José. Se miran fijamente a los ojos, como hipnotizados. Él la inclina hacia la izquierda, después hacia la derecha, hasta que su cabeza casi toca el piso. Sus movimientos están en perfecta armonía con la música, y cuando dan una vuelta elegante, algunas personas aplauden. Bajo las luces del salón, don José no parece un gángster con su traje de rayitas y sus zapatos puntiagudos. Parece más bien un bailador profesional en un espectáculo. La cara de mi madre está radiante. Sus ojos se ven grandes y brillantes y sus mejillas rojas. Las lentejuelas de su vestido emiten pequeños destellos de luz, mientras se mueve en perfecta sincronía con don José.

—Oye, bailan bien —dice Doris.

Cuando termina la canción, la gente aplaude y silba. Pero ellos no parecen darse cuenta. Es como si estuvieran solos, en medio de la multitud. Él aún la toma de las manos. Ella voltea a verlo y sonríe. Él levanta su mano hasta sus labios y besa sus dedos. Allí es cuando me doy la vuelta y empiezo a abrirme paso para salir del sótano. Doris y Arturo me siguen a la calle.

Trato de correr para perderlos, pero me alcanzan. Tengo algo atorado en la garganta, que me ahoga. No quiero que me vean vomitar. Pero Doris ya me alcanzó y Arturo casi, entonces decido que quizá yo también necesito un poco de compañía.

—¿Quieren venir a mis casa a ver la tele?

—Claro —dice Doris, y Arturo asiente con la cabeza—. Pero creí que seguías castigada, Yoli. ¿No había dicho tu mamá que no puedes invitar a nadie cuando ella no está?

—Las cosas han cambiado —le digo—. Mami piensa que ya es hora de que volvamos a llevar una vida normal.

—¿Quién es el bailador? —pregunta Doris—. ¿Un novio nuevo?

Le digo "sí", y les empiezo a contar sobre don José de la Mancha. Se ríen cuando describo su ropa. Les muestro un pequeño ejemplo de sus canciones. "Ay, ay, ay, ay", canto. La gente se detiene a vernos, sobre todo cuando Doris y Arturo empiezan a hacer una imitación bastante buena del tango que bailaron mi madre y don José. Al poco tiempo todos nos estamos riendo tan fuerte que tenemos que apoyarnos para no caer. Pero de pronto algo ocurre cn mi cabeza, y en vez de reírme empiezo a llorar. Doris me abraza y dice:

—¿Estás pensando en tu papá, verdad?

Y así es. No puedo dejar de ver el rostro de mi madre en la pista, y de desear que ella hubiera estado mirando a papi cuando sonrió como lo hizo. Pero eso ya no puede ser. Y eso es lo que hace que sienta como si tuviera un hueso de pollo atorado en la garganta. Pero, por otro lado, hacía mucho tiempo que no la veía sonreír. De la nada Arturo dice:

—Baila bien, pero se viste rarísimo.

—Oye, Yolanda, a lo mejor lo puedes llevar de compras —dice Doris. Luego parece un poco incómoda, tal vez al recordar que así fue como me metí en problemas.

—Sí, a lo mejor lo llevo. Pero esta vez tengo que acordarme de pasar por la caja y pagar, antes de salir de la tienda.

Doris sonríe, aliviada —supongo— de no haber metido la pata. Subimos las escaleras corriendo y nos apoltronamos frente al televisor. Para cuando oí voces despidiéndose en español en el pasillo, ya todos estábamos medio dormidos. Luego pasa un minuto o algo así en silencio, antes de que meta la llave en la cerradura. En mi mente veo la escena final de la película que había visto más temprano, donde las dos personas hacen hasta lo imposible por el besito del final. Jamás lo entenderé.

Entra sonriendo y se acomoda entre Doris y yo. Está caliente y un poco sudorosa. Huele a su perfume, mezclado con el de alguien más. Trato de apartarme, pero me jala suavemente y me besa la cabeza, abrazándome largo rato. Siento que trata de transferirme algo, algo que siente; amor, felicidad —cualquier cosa que esto sea lo que sea—, se siente bien, así que cierro los ojos y trato de disfrutarlo. Pero, pegada a mis párpados, veo la imagen de papi, muy elegante con su camisa blanca y su corbata. No me olvides, susurra en mi cabeza. No olvides ❖

La abuela inventa el cero

❖ —ME HICISTE sentir como un cero, como una nada —dice en español. Está temblando, una viejecita iracunda que casi se pierde en el pesado abrigo de invierno de mi madre. Y a mí acaban por enviarme a mi cuarto, como si fuera una niña, a pensar en los conceptos matemáticos de mi abuela.

Todo empezó cuando mi abuela vino de la isla, de visita; era la primera vez que venía a los Estados Unidos. Mi madre y mi padre le pagaron su boleto para que no muriera sin haber visto la nieve, aunque si me pidieran mi opinión, y nadie me la ha pedido, el aguanieve lodoso de esta ciudad no amerita el precio del boleto. Pero supongo que se merece alguna especie de premio, por haber tenido diez hijos y vivir para contarlo. Mi madre es la menor. Hasta el momento mismo en que se supone recogeremos a la anciana del aeropuerto, mi madre me sigue contando historias sobre lo difícil que fue la vida para la familia en la isla, y cómo la abuela trabajaba de día y de noche para mantenerlos, después de que su padre murió de un ataque cardiaco. Yo también me moriría de un ataque cardiaco si tuviera que mantener a un regimiento como ése. En fin, yo sólo la había visto tres o cuatro veces en la vida, cuando íbamos a la isla a un funeral. Yo nací aquí y he vivido siempre en este edificio. Pero cuando mami me dice: "Connie, por favor sé amable con la abuela. Ya no le quedan muchos años. ¿Me lo prometes, Constancia?"; cuando usa mi nombre completo, sé que habla en serio. Así que le respondo: "Claro", ¿Por qué no habría de ser amable? Después de todo no soy un monstruo.

Así que vamos al Kennedy a recoger a la abuela, y es la última en bajarse del avión, del brazo del sobrecargo, toda envuelta en un chal negro. Se la entrega a mis padres como si fuera un paquete aéreo. Es el mes de enero hay más de medio metro de nieve en las calles, y ella lleva un chal negro sobre un vestido negro delgado. Y eso es sólo el principio.

Ya en casa, no deja que mi madre le compre un abrigo porque se le hace un desperdicio de dinero para las dos semanas que va a pasar en el Polo Norte, como llama a Nueva Jersey. Así que con su metro y medio de estatura anda por ahí con el pesado abrigo negro de mi madre, y se ve ridícula. Trato de caminar a cierta distancia de ellos, cuando salimos, para que nadie piense que venimos juntos. Pienso mantenerme muy ocupada durante su estancia, para que no me pidan que la lleve a ningún lado, pero mi plan fracasa cuando mi madre se agripa y la abuela insiste en que *debe* ir a la misa del domingo, o su alma arderá en el infierno. Es más católica que el Papa. Mi padre decide que él y mi madre se quedarán en casa, y que yo debo acompañar a la abuela a la iglesia. Me lo dice el sábado en la noche, cuando me preparo para salir con mis amigas.

—De ninguna manera —le digo.

Me dirijo hacia las llaves del auto en la mesa de la cocina: por lo general me las deja allí los viernes o sábados por la noche. Pero me las gana.

—De ninguna manera —me dice, mientras se las echa a la bolsa y me sonríe con malicia.

No hace falta decir que llegamos pronto a un arreglo. Después de todo, soy responsable de Sandra y Anita, que aún no manejan. Hay un desfile de modas Harley-Davidson en el Brookline Square, que *no* podemos perdernos.

—La misa en español es mañana a las diez en punto, ¿entiendes? —Mi padre juega con las llaves: las sostiene frente a mi nariz, y las aparta cuando trato de agarrarlas. Se está divirtiendo mucho.

—Entiendo. A las diez. Ya me fui. —Desprendo las llaves de sus dedos. Como sabe que se me ha hecho tarde, no opone demasiada resistencia. Después se ríe. Salgo corriendo del apartamento, antes de que cambie de parecer. No tengo idea del lío en que me he metido.

El domingo en la mañana tengo que caminar dos cuadras sobre la nieve sucia para ir por el carro. Lo caliento para la abuela, como me indicaron mis padres, y lo conduzco hasta la puerta del edificio. Mi padre la lleva de la mano, la guía paso a pasito sobre la nieve resbaladiza. Al ver su cabecita con un chongo, que sobresale del enorme abrigo, siento deseos de subir corriendo a mi cuarto y esconderme bajo las cobijas. Lo único que espero es que ningún conocido nos vea juntas. Desde luego que estoy soñando. La misa está atiborrada de gente de nuestra cuadra. Es una ceremonia obligatoria y todos mis conocidos se encuentran allí.

Tengo que ayudarla a subir los escalones. Después de cada escalón se detiene para tomar aire. Luego la conduzco por el pasillo, para que todos puedan verme con mi abuela extravagante. Si yo fuera una buena católica, de seguro me descontaban parte de mi sentencia en el purgatorio por este sacrificio. Ella camina con la lentitud del capitán Cousteau cuando explora el fondo del mar; mira para todas partes, con toda la calma del mundo. Finalmente escoge una banca, pero quiere sentarse al *otro* extremo. Es como si hubiera elegido ese lugar específico por alguna razón desconocida, y aunque es el lugar menos práctico de la iglesia, allí es donde se ha de sentar. Así que tenemos que pasar entre todas las personas que ya se han sentado en esa banca, diciendo: "Con permiso, por favor, disculpe", y soportar sus miradas de molestia todo el camino. Para cuando nos sentamos, estoy empapada en sudor. Bajo la cabeza como si estuviera rezando para no ver a nadie y que nadie me vea. Ella reza en voz alta, en español, y canta los himnos con todo lo que le queda de voz.

La ignoro cuando se pone de pie con otro ciento de personas para ir a comulgar. En realidad, ahora sí estoy rezando: pido con fervor que esto termine pronto. Pero cuando vuelvo a levantar la mirada, veo un abrigo negro que arrastrándose da vueltas por toda la iglesia, se detiene aquí y allá para que una cabecita gris pueda asomarse como el periscopio de un submarino. Se escuchan algunas risas en la iglesia, y hasta el padre se ha detenido en medio de una bendición, con las manos en alto, como si fuera a poner a la congregación a hacer ejercicios gimnásticos.

Me doy cuenta, para mi horror, que mi abuela se ha perdido. No sabe cómo regresar a nuestra banca. Estoy tan avergonzada que aunque la mujer a

mi lado me lanza puñales con los ojos, no puedo moverme para ir por ella. Me cubro el rostro con las manos como si estuviera rezando, pero en realidad lo hago para cubrir mis mejillas ardientes. Me gustaría que desapareciera. Sé que el lunes mis amigos y enemigos del barrio van a contar muchos chistes de abuelas seniles enfrente de mí. Estoy paralizada en mi asiento. Así que la mujer que me quiere matar lo hace por mí. Hace lo posible por llamar la atención de todos al levantarse y apresurarse en ir por la abuela.

No puedo recordar con claridad el resto de la misa. Lo único que sé es que mi abuela se la pasa arrodillada, cubriéndose el rostro con las manos. No me dirige una palabra de camino a la casa, y no me deja ayudarla a caminar, aunque casi se cae un par de veces.

Cuando llegamos al apartamento, mis padres están sentados a la mesa de la cocina, donde mi madre trata de comer algo de sopa. De inmediato notan que algo anda mal. La abuela me apunta, como un juez condenando a un criminal. Dice en español:

—Me hiciste sentir como un cero, como una nada. —Luego se va a su cuarto.

Trato de explicar lo ocurrido:

—No entiendo por qué está tan molesta. Lo único que pasó es que se perdió y estuvo caminando por la iglesia un rato —les digo, pero hasta a mí me suena insatisfactorio. Mi madre me echa una mirada que me hace encogerme y va al cuarto de la abuela para escuchar su versión de los hechos. Sale con lágrimas en los ojos.

—Tu abuela me pidió que te dijera que de todas las cosas que puedes hacer para lastimar a alguien, la peor es hacerle sentir que no vale nada.

Siento que me hago más y más pequeña. Pero no me atrevo a decirle a mi madre que creo entender cómo hice sentir a la abuela. Podría mandarme a su cuarto a disculparme, y no es fácil admitir que te has portado como una idiota, por lo menos no en ese momento, enfrente de todos. Así que me quedo allí sentada, sin decir nada.

Mi madre me mira largo y tendido, como si le inspirara lástima. Luego dice:

—Constancia, deberías saber que si no fuera por esa anciana, cuya existencia no pareces valorar, ni tú ni yo estaríamos aquí.

Entonces *me* mandan a *mi* cuarto a reflexionar sobre un número en el que no había pensado mucho... hasta hoy. ❖

Un trabajo para Valentín

❖ NO SÉ NADAR muy bien, sobre todo porque tengo tan mala vista que en el instante en que me quito los anteojos para entrar a la alberca todo se vuelve una mancha de colores y me paralizo. Pero de todos modos conseguí un empleo de verano en la alberca municipal, vendiendo comida; no de salvavidas ni nada. Quiero estar allí, para poder pasar algún tiempo con mis amigas de la escuela que no tienen que trabajar en el verano. Estoy becada en la escuela Saint Mary, y soy una de las pocas puertorriqueñas de la escuela. Casi todos los demás estudiantes provienen de familias con más dinero que la mía. La mayor parte del tiempo esto no me molesta, pero para poder comprar ropa bonita y salir con mis amigas de la escuela tengo que trabajar todo el año, la mayor parte de las veces de cajera en un supermercado, hasta ahora. Conseguí este trabajo con el Servicio de Parques, porque el padre de mi amiga Anne Carey es el director. Todo lo que voy a hacer es vender refrescos y golosinas, y podré platicar con todo el mundo, porque el pequeño puesto concesionado está frente a la alberca tamaño olímpico y su guapo salvavidas, Bob Dylan Kalinowski. Su madre es una persona de los sesenta, y le puso ese nombre en honor al cantante de esa época. Este año, Bob Dylan calificó casi en todo.

De camino a la parada del autobús, pienso que va a estar bien alejarse del Building este verano. Me toma cuarenta y cinco minutos llegar al otro extremo de la ciudad, que es donde se encuentra la alberca, pero vale la pena. Es un buen primer día. La señora O'Brien, quien me muestra el lugar, me dice que no necesito ningún entrenamiento. Sé manejar la caja, sé hacer inventario, y soy amigable con los clientes, hasta con los latosos. Lo único que no me gusta mucho es que la señora O'Brien me dice que espera ser informada si llego a ver que Bob Dylan descuida su puesto.

—La vida de las personas, la vida de los *niños*, está en manos de ese joven —dice, mirando hacia el puesto de salvavidas, donde Bob Dylan se balancea como si estuviera en una cuerda floja, para beneplácito de Clarissa Miller, que lo mira como si quisiera que se arrojara a sus brazos. Ella mide como uno ochenta y es bastante musculosa, así que me distraigo pensando qué gracioso sería si se lo echara al hombro y se lo llevara a su casa, como siempre dice que quiere hacer. La señora O'Brien me hace volver a la realidad, cuando dice con voz insistente:

—Teresa, quiero que lo vigiles; usa ese teléfono para llamarme, en caso necesario. Casi siempre estoy en mi oficina.

(Ella es la asistente del señor Carey, o algo así, y por suerte su oficina está bastante retirada de la alberca y la tienda.)

—Sí, señora —respondo, aunque me siento rara de que me haya pedido que espíe a Bob Dylan. Va en el último año de mi escuela, es clavadista de la selección escolar, y sí, a veces es un poco alocado. Pero si le dieron el trabajo de salvavidas, deberían tenerle confianza, aunque el hecho de que Anne Carey está absoluta y perdidamente enamorada de él, debe haber contribuido en algo a que se lo dieran.

Ése fue el primer día. Me divertí bastante viendo la acción a la orilla de la alberca, excepto cuando la señora O'Brien me pidió que le informara sobre Bob Dylan. Y hay algo que nadie sabe: a mí también me interesa Bob Dylan. Pero nunca lastimaría a Anne. Y por lo menos hasta el momento él sigue en la cancha. Coquetea con todas las chicas de la escuela. Hasta conmigo. Eso es lo que más me gusta de Bob Dylan: es democrático. Aunque no es demasiado humilde: una vez le oí decir que Dios le había dado un cuerpazo y que era su deber compartirlo.

El segundo día fue de malas noticias. Un desastre. La ciudad me asignó a un asistente con una "incapacidad mental". Hay un nuevo programa para dar empleo a los retrasados y ganen algún dinero, aprenderan un oficio o algo así. Yo creí estar de acuerdo con este programa cuando un señor se presentó en Saint Mary a explicarnos por qué veríamos a varias personas "ligeramente discapacitadas" trabajando en la escuela, sirviendo la comida o recogiendo la basura en el patio. Al principio los molestaron los imbéciles de la escuela, pero la hermana sargento Mary Angélica empezó a amenazarlos con suspensión, así que todos nos acostumbramos a la mujer que sonreía como niña cuando nos servía el puré de papa, y hacía lo que ella llamaba montañas de nieve en nuestros platos. Y aprendimos a no mirar con insistencia al joven guapísimo que te veía como si no existieras cuando entraba a los salones a vaciar la basura de los botes. A veces me preguntaba en qué pensaría. Quizá en nada. El tipo este hubiera podido salir en la televisión, excepto por sus ojos: eran como los ojos de un bebé, más bien inocentes, pero también un poco tristes. Nadie creyó el rumor de que no había nacido así, sino que había sido un héroe de guerra en Vietnam, donde fue baleado en la cabeza. ¿Quién sabe? No parecía tan viejo.

No es que tenga nada contra las personas discapacitadas, pero no quiero pasarme todo el verano con una. Atrapados en un espacio diminuto. Y aquí no hay nada que una persona así pueda hacer. Además, ¿qué van a pensar Bob Dylan y mis otros amigos? No van a querer andar por aquí con una persona así. Enfrentémoslo, el letrero de VACANTE que llevan en la cara te afecta tarde o temprano.

Pero allí está. La señora O'Brien trae a mi nuevo *socio*. Los veo acercarse muy despacio, salen de su oficina, atraviesan los juegos del parque y se dirigen hacia mi tienda. Me llamó hace unos minutos para decirme que el señor Carey decidió que sería una magnífica oportunidad para Valentín trabajar como mi asistente en la tienda. También es puertorriqueño, tiene treinta años y una ligera incapacidad. O'Brien me dice que tiene el coeficiente intelectual de un niño de tercero de primaria. De un niño de tercero *inteligente*. Y además es un artista. No puedo dejar de preguntarme qué van a pensar los demás sobre este tipo. Ya es bastante difícil lograr que la gente crea que tienes una inteligencia normal cuando eres puertorriqueño, y mi "asistente" será una prueba viva para todos aquellos con prejuicios raciales.

—Ha traído algunas de sus creaciones —me dijo la señora O'Brien con una voz muy alegre—. Vamos a dejar que las venda en la tienda.

—¿Va a dejar que venda sus dibujos al crayón en la tienda?

No podía creer lo que oía. Si esta mujer habría querido humillarme a propósito, no hubiera podido hacerlo mejor.

—No son dibujos al crayón, Teresa —dijo, con un poco menos de alegría—. Te dije que Valentín tiene talento para las artes... Bueno, lo verás en un minuto —después colgó y los vi acercarse.

El viejo Valentín tiene la postura de un gorila. Y tiene tanto pelo en la cabeza y los brazos, y saliendo del cuello de su camisa, que lo primero que pensé es que deberían mandarlo a trabajar a un lugar más fresco. Digo, está muy peludo. Y lleva una enorme bolsa que parece pesarle mucho. Excelente. Estupendo. Volteo a ver a Bob Dylan, y veo que me está espiando con sus binoculares. En otras circunstancias me hubiera fascinado. En este momento, me dan ganas de renunciar. Mi madre trató de convencerme de no aceptar este trabajo, porque está muy lejos de la casa y piensa que me voy a caer en la alberca y me voy a ahogar o algo así. Ahora desearía haberle hecho caso.

La señora O'Brien entra en la tienda y hace el ademán de tomar a Valentín de la mano para guiarlo. Pero luego se distrae por el griterío y las correrías a la orilla de la alberca. Está prohibido correr. Se supone que Bob Dylan debe pitar con su silbato cuando los niños corren, pero quién sabe dónde está. La señora O'Brien se encamina hacia la alberca sin agregar nada, y me quedo frente a Valentín. Está ahí parado como un niñote peludo, esperando que le digan qué hacer.

—Soy Terry —le digo. Nada. Ni siquiera alza la vista. Esto va a ser peor de lo que imaginaba—. ¿Cómo te llamas? —le digo muy despacio y fuerte. A lo mejor tiene problemas de oído.

—Soy Valentín —dice en español. Su voz profunda me sorprende. Luego me pasa la bolsa. Trato de sostenerla, pero pesa mucho. Él la vuelve a tomar con mucha suavidad y la pone sobre el mostrador. Luego empieza a sacar unos animalitos. Son raros, color café claro, hechos de lo que a primera vista me parece cordón. Pero cuando levanto uno, la textura es como de hule. Están hechos de ligas. Valentín los saca de uno en uno: una jirafa, un osito, un elefante, un perro, un pez, toda clase de animales. Son muy lindos. El elefante y el pez miden como ocho centímetros de alto y son rechonchitos.

—¿Es una ballena? —levanto el pez, y Valentín lo mira largamente antes de responderme.

—Sí —dice.

—¿Hablas inglés? —le pregunto. Yo hablo español, pero no muy bien.

—Sí —dice Valentín.

Arregla su zoológico de ligas en un extremo del mostrador, pensando mucho rato antes de decidir qué va junto a qué, por alguna razón. La señora O'Brien entra a la tienda, muy molesta.

—Teresa, ¿hace esto a menudo?

Sé que se refiere a Bob Dylan, que se pone a payasear en el trabajo, y a veces abandona su puesto para irse a platicar con alguien.

—Apenas es mi segundo día —protesto. Y quizá el último, pienso.

—Teresa, alguien se puede ahogar mientras ese muchacho abandona su puesto.

No digo nada. No me contrataron para espiar a Bob Dylan. Aunque pienso vigilarlo bastante por mis propias razones. Es divertido observarlo.

—Después hablaremos sobre esto.

La señora O'Brien se vuelve hacia Valentín, quien continúa sacando animales de la bolsa y formándolos en el mostrador. Debe haber traído un centenar.

—Veo que ya se conocieron. Teresa, la meta de Valentín es vender su arte para juntar dinero y comprarse una bicicleta. Vive en una unidad habitacional en Green Street y quiere tener un medio de transporte para poder conseguir un empleo en la ciudad. Es una idea maravillosa, ¿no te parece?

Valentín me salva de tener que responderle, cuando me tiende un manojo de etiquetas que dicen "2.00 dólares".

—Quiere que lo ayudes a etiquetar su arte, Teresa.

No me diga, pienso. La señora O'Brien me trata como si creyera que soy igual de lenta que su nuevo empleado. Suspira, mirando nuevamente hacia la alberca. Bob Dylan ha vuelto a su silla de salvavidas. Pita con todas sus ganas, y sus brazos se mueven desenfrenadamente, mientras le indica a la gente que está en la alberca que haga esto o aquello. Las dos sabemos que se está burlando de ella y luciéndose con alguna chica, quizá conmigo. Trato de no sonreír. Se ve tan bien allá, junto a la alberca.

La señora O'Brien repite:

—Teresa, si pasa cualquier cosa, usa ese teléfono para llamarme. A las cinco vendré por Valentín. Ve si puedes hacer que tus amigas compren sus piezas. ¡Es por una causa noble!

Valentín la ve salir de la tienda con la mirada de un niño que han dejado en la escuela en su primer día de clases. Es extraño ver a un adulto actuando como si estuviera perdido y quizá a punto de llorar. Su rostro muestra todas sus emociones. Cuando la señora O'Brien se va, luce inquieto. Las manos le tiemblan un poco mientras continúa formando sus animalitos de liga sobre el mostrador. Decido ponerles el precio, puesto que no tengo nada más que hacer. Cada etiqueta es como un pequeño collar, y las pongo alrededor del cuello de cada animal. Al tacto se sienten, extrañamente, como criaturas vivas. Supongo que el hule es parecido a la piel, y absorbe el calor del sol. Presiono al osito contra el mostrador y rebota. Valentín lo atrapa como una pelota, y lo vuelve a poner exactamente donde estaba. Frunce el ceño, concentrado, al revisar si no se ha movido nada más desde su última inspección, hace dos minutos. Me está empezando a poner de malas. Mueve los labios, pero no sale nada.

—Por favor habla más fuerte, Valentín. No te oigo.

He puesto una etiqueta de dos dólares en cada bestia de ligas, aunque un solo letrero grande hubiera bastado. Lo miro, él señala su bolsa.

—¿Tienes más *arte* en la bolsa? —Escucho el sarcasmo que asoma en mi voz, pero no estoy aquí para cuidar a un discapacitado al que le gustan las ligas. Pronto vendrán Clarissa, Anne y mis otras amigas, y me gustaría poder hablar con ellas en privado.

Valentín me rodea, con cautela, de camino hacia su bolsa. Se comporta como si tuviese miedo de que le fuera a arrancar la cabeza de una mordida. Es bastante molesto. Me quito —como he dicho, el lugar es bastante pequeño— y él toma la bolsa y se va a sentar a la silla plegadiza que está junto a la máquina de refrescos. Saca una caja grande, en la que está escrito su nombre con grandes letras de colores. Quita la tapa y mete la mano. Me enseña un puñado de ligas gruesas que parecen gusanos gordos. Sonríe.

—Trabajo —dice. Es su trabajo.

—Sí. Haz más animales —le digo. Eso lo mantendrá ocupado y fuera de mi camino. Observo cómo se enreda una liga en el dedo índice y hace una pelotita compacta. Después la fija en una estructura que hace con alambre muy fino. Lo hace tan despacio y con tanto cuidado que me dan ganas de gritar. Un animal de verdad podría desarrollarse entero, a partir de una célula, en el tiempo que le toma a Valentín hacer el primer centímetro de sus creaciones. Estoy tan distraída observándolo que la voz profunda de Bob Dylan me sobresalta.

—Oye, Terry, ¿quién es ése, tu nuevo novio puertorriqueño? Creí que eras mi chica —dice, mientras se sube al mostrador, apoyándose con las manos. Los músculos de sus brazos son impresionantes. Está todo brilloso porque se acaba de poner aceite, y su largo cabello café está mojado. Parece el Míster Julio de un calendario de galanes.

—Hola. —No sé qué más decir, porque lo que estoy pensando no es apto para un parque familiar. Por eso tomé este empleo: por el paisaje.

—Dame un jugo de naranja *on the rocks*, mamacita. Y preséntame al hombre aquel. ¿Y éstos qué son...?

Bob Dylan habla siempre como una mezcla de estrella de televisión y locutor de radio de 1968. Es la influencia de sus padres. Vivieron en una comuna cuando eran hippies y, hasta la fecha, firman sus tarjetas de Navidad con un símbolo de paz. También cultivan su propia comida en el invernadero que hicieron en su casa. La gente de la escuela dice que Bob Dylan y sus papás siempre andan tan contentos por los hongos que cultivan en el sótano. Los adultos Kalinowski usan ponchos en invierno y camiseta de batik y jeans bordados en verano. Bob Dylan tiene su misma personalidad, pero para ir a Saint Mary tiene que usar saco y corbata. Con su cuerpo, parece Clark Kent a punto de expandir el torax y hacer que la *S* de su pecho rompa su camisa de vestir.

—Él es Valentín. —Lo señalo y Valentín agacha la cabeza rápido, como si alguien fuera a castigarlo. Su pelota de ligas ya es como de dos centímetros—. Las hace para venderlas. Para comprarse una bicicleta.

Bob Dylan toma el pez y se lo acerca al rostro. Hace bizco al mirarlo. Me tengo que reír.

Valentín deja lo que está haciendo para mirarnos. Parece tener miedo. Pero no se mueve. Tomo el pez y lo vuelvo a poner en su lugar, en el mostrador.

—¡MUY BIEN HECHO, VIEJO! —dice Bob Dylan, demasiado fuerte. Valentín suelta la pelotita, que rebota y se pierde bajo el mostrador. Me doy cuenta de que está molesto cuando se pone a andar a gatas para recuperarla.

Bob Dylan se ríe, salta del mostrador y me besa la mano en un solo movimiento.

—Mi chiquita banana —dice—, séme fiel. No reveles mi paradero a mis enemigos. Volveré.

—Adiós —le digo. Soy muy buena conversadora, en mi cabeza. En serio, todo el tiempo digo cosas brillantes. Sólo que nadie las escucha.

Le doy a Bob Dylan una lata de jugo de naranja y un vaso con hielo. Se menea para sacar unas monedas de su traje de baño *Speedo*, que le queda como si estuviera pintado con aerosol. La clase de pintura es una de mis favoritas, así que me tomo mi tiempo para admirar el diseño sencillo y elegante del traje de baño.

—Gracias —le digo cuando saca las monedas de su bolsillo, haciendo gala nuevamente de mi amplísimo vocabulario.

—Es siempre un placer —dice Bob Dylan. Pero ya está mirando para otro lado. Ambos escuchamos risitas conocidas. Son Clarissa y Anne, una rubia alta y una rubia baja, en sus trajes de baño diminutos. Veo que sus ojos van de una a la otra. Se le dificulta lidiar con más de una chica a la vez. Se especializa en la marcación personal. Se te queda viendo a los ojos y dice una frase de los discos de los sesenta de la señora Kalinowski, algo así como "enciende mi fuego". Y con eso basta. Por lo menos a mí, con eso me basta. Veo que se dirige hacia su puesto de salvavidas mientras las saluda con la mano, permitiéndoles admirarlo en todo su esplendor. Dejará que se le acerquen por separado: divide y vencerás. Me voltea a ver sobre su hombro y me guiña un ojo, cubriendo todas las bases.

Oigo una especie de gruñido y me aparto del mostrador de un salto. Es Valentín, que por fin recuperó su pelota de hule de detrás de unos cartones de refrescos y está tratando de levantarse. Parece un poco avergonzado, y supongo que quizá se había estado escondiendo. Esto no va a funcionar. Aún no he decidido si me quedo con este empleo, pero mientras esté aquí tengo la responsabilidad de entrenar a este tipo.

—Valentín, te voy a enseñar a servir los refrescos. ¿Ves a esas dos muchachas que vienen para acá? Pues una va a pedir un refresco de toronja y la otra una coca de dieta. Yo sirvo la coca y tú el refresco. Fíjate.

Me observa con mucha atención, siguiendo mis manos con la mirada como si estuviéramos jugando ajedrez o algo así. Clarissa y Anne han llegado al mostrador, así que le hago una seña para que sirva el refresco.

—Ey, Terry, ¿cómo va el trabajo? —grita Clarissa. No sólo es la chica más alta y musculosa en Saint Mary, sino también la que habla más fuerte. Oigo un estrépito detrás de mí, y al voltear veo que Valentín ha tirado el vaso con hielo encima de todo. Clarissa lo asustó. Es todo un caso. Es el ser humano más nervioso que he visto en mi vida. Se queda ahí parado con tal expresión de susto, que mis dos amigas se empiezan a reír. La expresión de Valentín cambia, y veo que se empieza a sonrojar del cuello para arriba. Está avergonzado. Es tan fácil ver lo que tiene. No me gustaría que mi rostro le mostrara a todo el mundo lo que pienso a cada momento.

Luego vuelve a empezar, toma otros vasos, les pone hielo y empieza a llenarlos tan despacio y con tanto cuidado que Clarissa hace como que ronca y Anne empieza a jugar con los animales de ligas, haciendo que la jirafa se pelee con el caballo. Cuando Valentín les trae sus refrescos, las manos le tiemblan. Observo que debe concentrarse mucho para no regar las bebidas sobre el mostrador, sobre todo porque tiene los ojos pegados a los lugares vacíos donde debían estar la jirafa y el caballo. Les paso los refrescos a mis amigas.

—Él es Valentín —les digo sin sonreír, para tratar de hacerlas entender que no se rían para no molestarlo, aunque su cambio constante de expresión es muy gracioso—. Me está ayudando, y además vende estas figuras para poder comprarsc una bicicleta.

—Tú mismo las haces, ¿verdad? —Anne está tratando de ser amable. Y es lo menos que puede hacer; después de todo fue su padre quien contrató a Valentín. Pero sigue jugueteando con los animales, deslizándolos por el mostrador y estropeando la hilera perfecta en que los había acomodado Valentín.

—Dos dólares —le dice Valentín a Anne, y extiende una de sus peludas manos.

—Dice que cuestan dos dólares —le traduzco a Anne, y levanto una ceja tratando de hacerla entender que más vale que compre o que deje la mercancía en su lugar, de lo contrario Valentín puede pasarse todo el día mirándole las manos.

—Eso sí lo entendí. Hablo un poquito de puertorriqueño, digo, de español, gracias *very much*, Terry.

Deja el caballo en su lugar y se mete la jirafa en la parte superior de su traje de baño. Me da un billete de cinco dólares. Valentín observa cada movimiento, me sigue a la caja registradora, donde cambio el billete. Le doy dos billetes de un dólar. Los revisa y se los guarda en la bolsa de la camisa, que después abotona. Me sonríe. Luego vuelve a la parte de atrás y empieza a recoger los hielos que tiró, uno por uno.

Cuando vuelvo a mis amigas, las dos están sonriendo. La jirafa asoma del traje de baño de Anne, lo que me hace reír.

—Bueno, Teresa, comentábamos que creemos que vas a tener una experiencia de trabajo *muy interesante* este verano —dice Clarissa, señalando a Valentín con la mirada.

Charlamos un rato, principalmente sobre Bob Dylan, que ha estado observándonos con los binoculares. Anne le señala su jirafa, para que afoque. Al poco rato llega una multitud de niños que piden refrescos y golosinas, todos al mismo tiempo, y una madre molesta, tratando de hacer que ordenen de uno en uno, así que tengo que volver al trabajo. Valentín le agarra el modo a lo de los refrescos, tras un par de pequeños incidentes, pero sigo pensando que estamos un poco apretados en la tienda. Espero que se canse de su trabajo y renuncie; parece requerir de un enorme esfuerzo mental para cumplir más de una tarea sencilla a la vez. Cuando despachamos a todos los clientes, se sienta en una caja en la esquina y cierra los ojos. Ha de ser difícil tener que empeñarse tanto para hacer cualquier cosa. Me sorprende mirándolo cuando saca de la bolsa la pelota de ligas en la que ha estado trabajando y empieza a hacerle una pata o la cola. Pero sólo me sonríe y en su rostro aparece una expresión de tranquilidad. Supongo que eso quiere decir que está contento.

En los días siguientes, Valentín y yo nos ajustamos bien a nuestra rutina. Mi único problema es la señora O'Brien, quien me llama seguido para preguntarme por él y por Bob Dylan. Le digo que todo está en orden, aunque Bob Dylan se ha concentrado en una muchacha mayor, de hecho, en una muchacha que conozco del Building, y ha desaparecido con ella por lo menos una vez, que yo sepa. Me enteré después de que dejó solo a su hijo de dos años, dormido en una de las tumbonas. Cuando despertó, empezó a llorar tan fuerte que tuve que ir por él antes de que alguien llamara a la señora O'Brien. Lo traje a la tienda y de inmediato surgió una amistad entre Valentín y el niño. Valentín se sentó en el suelo con Pablito, quien nos dijo su nombre cuando se tranquilizó.

Los dos estuvieron jugando con los animales de ligas hasta que la madre, Maricela Núñez, finalmente apareció, luciendo como si acabara de pasarla muy bien. Estaba toda despeinada y tenía la camiseta blanca y los *shorts* manchados de pasto. Yo estaba furiosa.

—¿Se está divirtiendo Pablito con su nuevo amigo? —pregunta, fingiendo un tono amigable, sin mostrar la más mínima ansiedad ante el hecho de que mientras ella estaba pasándola bien en el bosque con Bob Dylan, el niño se hubiera podido ahogar o salirse al tráfico. Pero Maricela es un caso especial. Se crió prácticamente sola cuando su madre los abandonó a ella y a su padre hace muchos años, y su viejo nunca estaba en casa. Dejó la escuela en primero de *high school* y tuvo a Pablito unos meses después. Ahora trabaja de mesera en el centro nocturno Caribbean Moon, mientras su padre se queda con el bebé, y se pasa las tardes en el pórtico del edificio, coqueteando con los hombres que andan por ahí. Ahora vigila la piscina donde trabaja Bob Dylan. El otro día Anita, una muchacha del Building, me contó que lo llama su "juguete". Anita también quiere vivir su vida demasiado aprisa, y está tomando lecciones de Maricela, la campeona.

Mi madre pone a Maricela de ejemplo para prevenirme de lo que me puede ocurrir si no estudio y empiezo a salir con muchachos. A veces le recuerdo a mi madre que si los padres de Maricela le hubieran dado un buen hogar, quizá le habría ido mejor. Pero ahora, al verla allí parada sin preocuparse en lo más mínimo por los peligros a que su hijo estuvo expuesto en la última hora, me dan ganas de reportarla a la oficina de asuntos familiares. No merece un bebito tan lindo como Pablito.

—Míralos —dice, riéndose de la manera en que Pablito y Valentín acomodan los animales en el mostrador—. Creo que Pablito le está enseñando algunas cosas al tarado.

Valentín me mira con tal expresión de dolor que, en serio, tengo que contar hasta cinco para no golpear a Maricela. Pablito trata de llamar la atención de Valentín jalándole los pantalones, pero Valentín sólo dice "trabajo", y vuelve a su nuevo proyecto. Pablito empieza a llorar y a gritar "tin, tin", que es la parte del nombre de Valentín que se aprendió. Lo levanto y se lo paso a su madre, del otro lado del mostrador.

—Maricela, creo que la tarada eres tú. Óyeme bien. Si no hubiéramos estado aquí para cuidar a tu hijo, alguien hubiera llamado a asuntos familiares y te lo hubieran quitado, que por otro lado sería lo mejor para él.

Había oído a mi madre decir que tarde o temprano eso pasaría con Pablito.

—Estás celosa, niña. No soportas la competencia. Y, óyeme tú, chiquita: nadie me va a quitar a Pablito. ¿Te has fijado que se parece un poco a Bob Dylan? —dice, riendo.

Me recargo sobre el mostrador para enfrentarla cara a cara.

—¿Por qué lo preguntas, Maricela? ¿Te cuesta trabajo acordarte de quién es el padre? —siseo.

Se va furiosa, y detrás de mí oigo una risa queda. Es Valentín, que al parecer se divierte con su juguete nuevo.

Para el viernes en la tarde, Clarissa, Anne y yo hemos captado el mensaje de Bob Dylan: su actitud nos ha dejado claro que no le interesa nuestra compañía. Maricela ha venido todas las tardes, y ella, Pablito y Bob Dylan se van juntos. Veo mi verano convertirse en una rutina aburrida, pues como Anne y Clarissa están enojadas con Bob Dylan, ya no vienen a la alberca. Valentín se ha vuelto bueno para servir refrescos y limpiar, así que por lo menos, el trabajo es más fácil. El resto del tiempo trabaja con sus ligas y sólo habla cuando Maricela trae a Pablito para comprarle alguna golosina.

Valentín le enseña a Pablito los nombres de los animales en español. Maricela no tiene nada que decirme, pero se queda por aquí cuando Valentín y su hijo se pierden en su juego diario. "Elefante, caballo, oso", Valentín señala cada animal; y después Pablito trata de repetir las palabras. Esto le arranca una enorme sonrisa a Valentín. Me imagino que lo hará sentir bien el poder enseñarle algo a alguien, para variar.

Ya casi es hora de cerrar en viernes y cuento las bolsas de papas fritas, caramelos y demás golosinas. Valentín está atrás, revisando la máquina de refrescos, cuando oímos una especie de gritito. No dura mucho, así que no hago mucho caso, pensando que debe ser algún niño en la calle, puesto que la alberca ya está cerrada. Pero Valentín ha salido con una expresión muy asustada y se asoma lo más que puede sobre el mostrador, tratando de ver algo en el agua. Yo no veo nada, pero Valentín agita los brazos como si quisiera despegar y tartamudea "Pa... Pa... Pa..." No le entiendo. Las palabras que quiere decir se le traban en la lengua, y sus ojos están aterrorizados. Empiezo a pensar que le va a dar un ataque o algo.

—¿Qué pasa, Valentín? —Le pongo la mano en el brazo como he visto que hace la señora O'Brien cuando lo encamina a casa por las tardes. Me imagino que lo tranquiliza—. ¿Qué es lo que ves?

—Pablito. Pablito. —Tiembla tanto que temo que pierda el control. Pero no tengo tiempo para pensar, el agua se *está* moviendo, y podría ser el niño. No veo a Bob Dylan por ninguna parte.

—Ve por la señora O'Brien —le grito a Valentín cuando salgo corriendo. Pero se queda paralizado.

Cuando llego a la alberca, veo al niño chapoteando violentamente cerca de la orilla. Está muy asustado, y al patalear sólo consigue alejarse más de la orilla, hacia lo más profundo. Salto a la parte baja de la alberca y empiezo a caminar hacia él. No sé qué tan profunda será al dar el siguiente paso, y me da miedo que de pronto el agua me cubra la cabeza. Recuerdo la advertencia de mi madre. Quizás me ahogue, pero tengo que llegar a Pablito. Avanzo hacia su voz. Pero siento como si avanzara en cámara lenta, así que finalmente me sumerjo en el agua. Los lentes se me mojan y no puedo ver, así que los echo a un lado, y entonces es peor. No puedo ver nada. Empiezo a gritar pidiendo auxilio, esperando que Bob Dylan o la señora O'Brien me escuchen. Siento que los pulmones me van a estallar, me hundo y vuelvo a subir, buscando su cuerpo con las manos. De pronto me topo con la orilla del lado profundo de la alberca, y me sostengo, tratando de recobrar el aliento.

Para entonces estoy gritando como histérica. Pero cuando ya siento que mis pulmones no pueden más, siento las piernitas de Pablito alrededor de mi cintura. Lo levanto y me agarra del pelo. Es como un monito bebé agarrado de su mamá. Oigo un chapoteo atrás de mí; es Valentín, quien viene por nosotros. Con un brazo saca a Pablito de la alberca, y con el otro me saca a mí.

Cuando lo tomo de los brazos de Valentín, tiene el cuerpo flácido, así que lo acuesto en el suelo y oprimo su pequeño pecho hasta que sale agua. En un momento está tosiendo y llorando.

Mientras hago lo que puedo por Pablito, Valentín le toma la mano y le habla en español. Luego veo a Maricela y a Bob Dylan que llegan corriendo. Bob Dylan sigue con las compresiones de pecho mientras yo voy por la señora O'Brien. Maricela se vuelve loca. Llama a su bebé y trata de abrazarlo; Valentín la lleva a una banca donde se sientan y se toman de las manos hasta que llega la ambulancia. Ella y Bob Dylan acompañan a Pablito al hospital.

Todo pasa en minutos, pero a mí me parecen días mientras Valentín y yo estamos sentados en la oficina de la señora O'Brien, envueltos en grandes toallas, esperando noticias del hospital. También pienso que me van a despedir por no haber reportado que Bob Dylan no estaba en su puesto, como me había advertido la señora O'Brien.

Ella entra muy solemne, y volteo a ver a Valentín, que se retuerce las manos. Sé que él sólo piensa en Pablito, y me siento un poco culpable de preocuparme tanto por mí misma.

—El niño va a estar bien —dice la señora O'Brien—, gracias a ustedes.

Después hace algo que me deja atónita. Se me acerca y me besa la frente. Tengo frío y estoy temblando, y le estornudo prácticamente en la cara.

—Perdón —le digo, sintiéndome un poco tonta. Saca mis lentes empañados de la bolsa de su falda. Me ocupo en limpiarlos con la toalla mojada.

—Tenemos que ponerte ropa seca —dice. Después se dirige a Valentín, quien juguetea con un animal de ligas que ha quedado convertido en una masa café mojada.

—Valentín, hoy has hecho algo muy bueno. Tú y Teresa salvaron la vida de un niñito. Eres un héroe. ¿Me entiendes?

—Sí —dice Valentín.

Como no sé cuánto inglés entienda, le empiezo a traducir:

—Valentín, ella dice que eres un héroe.

—Lo sé —me dice Valentín en inglés, y sonríe de oreja a oreja.

—¿Hablas inglés?

No puedo creer que me haya engañado, haciéndome creer que apenas si sabía algunas palabras, cuando en realidad entiende dos idiomas.

—Sí —me responde Valentín, y ríe con su risa graciosa y callada.

La señora O'Brien mira a Valentín de manera maternal.

—Valentín, ¿te gustaría trabajar aquí todo el año?

Valentín se ha estado viendo las manos mientras ella habla, casi como si no la escuchara. Pero lentamente voltea a mirarme como pidiendo mi opinión. Es capaz de comunicarse en silencio absoluto, y estoy aprendiendo su lenguaje.

—Cuando cierre la alberca al final de verano, les vamos a pedir, sí, a ti también Teresa, que vengan a trabajar a mi oficina. Hay muchas cosas que pueden hacer, como ayudar con los programas que organizamos después de las clases y supervisar el campo de juegos. ¿Les interesa?

Valentín vuelve a mirarme antes de responder. Puedo ver que vamos a tener que aceptar el trabajo los dos o no se va a animar. Estornudo fuerte y casi se cae de su silla. En serio que es la persona más nerviosa que he visto en mi vida. Veo que tendré que soportarlo también en este nuevo trabajo. Dudo que alguien más tenga la paciencia.❖

Un hogar en El Building

❖ LA MEJOR HORA para huir de casa es el mediodía, piensa Anita, porque nadie notará que te alejas de tu vida bajo el brillo cegador del sol, mientras la gente come sandwiches de cerdo en el almacén de Cheo, o dobla su ropa en La Washetería, o sale de sus oscuros apartamentos, tapándose los ojos con la mano como si fuera un saludo militar, porque el cemento refleja el sol blanco y caliente de julio, que te da dolor de cabeza en el instante en que te pega.

Anita camina despacio junto a las tiendas, bodegas y bares que le son tan familiares, en la calle donde ha vivido toda su vida, y siente como si les dijera adiós y hasta nunca. Su destino es el futuro. Pero primero tiene que pasar por su vida, que está contenida en esa cuadra. El barrio es como un universo alterno. Así lo llaman en *Viaje a las estrellas* cuando la tripulación de la nave espacial *Enterprise* se encuentra en otro mundo parecido a la Tierra, pero donde no aplican ninguna de las reglas normales, y los habitantes tienen la historia al revés.

En estas calles, en esta cuadra, la gente habla en español, aunque están en el corazón de Nueva Jersey; comen frutas y verduras que sólo crecen en países tropicales; y tratan (Anita piensa en sus padres) de hacer que sus hijos se comporten como si vivieran en otro siglo; de implantar reglas que ni ellos mismos cumplen. Pero siempre repitiendo, "haz lo que te digo, no lo que me ves hacer". Anita está harta de esta hipocresía; harta de la jaula de monos que es El Building, donde todos se meten en tu vida; y harta de sus amigos que siguen jugando como niños o se destruyen con drogas y pistolas. Se va a librar de la trampa del barrio. Ha llegado el momento. Tiene a dónde ir, y para allá va.

—¡Anita, ven un minuto! —le grita Sandra, su mejor amiga de la escuela en el año anterior, quien le pide que entre a la Zapatería Ortega, donde trabaja ese verano.

—Llevo prisa, Sandi, ¿qué quieres? —Anita aprieta bajo el brazo la bolsa de papel café donde lleva algo de ropa y maquillaje, para que Sandra no le pregunte qué es.

Sandra sale al frente de la tienda sosteniendo un par de tenis muy bonitos.

—¿Qué te parecen? —Los sostiene frente a Anita como si fueran las zapatillas de cristal de la Cenicienta. Eso es lo de Sandra: los deportes. Todo el tiempo piensa en el basquetbol, sobre todo desde que empezó una especie de romance con Paco, excepto que el mayor amor de ambos es el basquetbol. Para Sandra y Paco, una cita apasionada es ir a la cancha a practicar sus tiros juntos.

—Están lindos, Sandi. Ya me tengo que ir.

Deja a Sandra con los tenis en la mano y sigue su camino por la cuadra, presurosa. Qué *niña*, piensa Anita, es típico de Sandra emocionarse así por un par de zapatos deportivos. Frank le había dicho que la esperaba en la tienda, a la hora de la comida. Ella entendió que eso era a la una, pero a veces les costaba trabajo comunicarse. Él es italiano, es decir, su madre nació allá, en la vieja patria, como él la llama, así que la mezcla de inglés e italiano que habla no siempre es fácil de entender para Anita. El hecho de que sea diez años mayor que ella también debe ser parte del problema. ¡Pero qué hombre! Anita siente que las rodillas se le ponen como gelatina nomás de pensar en Frank. Tiene una voz profunda que la sobresaltó cuando lo conoció en la tienda de alimentos preparados, de la que él y su madre son propietarios. Anita escribía su nombre y teléfono para que la llamaran si necesitaban contratar a alguien. Anita había decidido conseguirse un empleo fuera del barrio ese verano. Aquel día sólo estaba la madre detrás del mostrador, y no hablaba inglés o había decidido ignorarla, pero Anita no se iba a dar por vencida tan fácil.

—*Bella*, ¿qué haces en estos parajes? —Frank había llegado por detrás. Al escuchar su voz de barítono, a Anita se le cayo el lápiz. Él se agachó a recogerlo, lentamente, mirando sus tobillos, sus piernas, su cintura y sus pechos, donde se detuvo. Por último alzó la vista y la miró fijamente a los ojos. Anita sintió como si la hubiera tocado en todo el cuerpo. Tenía el cabello negro, lacio, y le caía frente a los ojos, que eran de un verde inquietante. Y cuando sonrió, sus dientes eran blancos y grandes. Pero lo que la volvió loca fueron sus labios, que se lamió como si ella fuera un helado que quisiera comerse. Sus labios carnosos y sensuales. Su mirada hambrienta.

—Estoy buscando trabajo... —Anita sintió sus dedos apretando los suyos al devolverle el lápiz.

—¿Sí? Pues necesitamos a una chica... *Mama*, ¿no necesitamos una chica que atienda el mostrador? —Frank se volvió hacia su madre que los había estado observando sin sonreír, desde el banco donde estaba encaramada frente a la caja registradora, cubierta por un mandil negro de vinil, un suéter negro y con una pañoleta negra sobre la cabeza. Para Anita era como un cuervo, listo para atacar. No respondió la pregunta de Frank, pero él tampoco esperó su respuesta; tomó a Anita de la mano y la llevó a la pequeña oficina en la parte trasera de la tienda.

Se sentaron en lados opuestos de una mesa. Él se inclinó hacia adelante y empezó a hacerle un montón de preguntas. Había preguntas que ella no entendía muy bien, pero era como si a Frank le gustara el sonido de su propia voz, porque lanzaba más preguntas sin esperar respuestas.

—¿Entonces quieres un trabajo, eh, pequeña? Eres muy bonita, ¿sabes? ¿Ya cumpliste dieciséis años? No quiero tener líos con la poli. No, no puedes ser menor de edad, con esa cara y ese cuerpo. Oye, ¿sabes qué podrías ser modelo? ¿Sabes operar una máquina registradora?

Anita respondió sí, no, sí. Y para cuando salió de la oficina, había conseguido el trabajo, empezando al día siguiente. Para la segunda hora del primer día, Frank ya la había besado. La tomó de la mano y la condujo a la bodega oscura. En cierto modo era emocionante. Pero después le dolía la boca. La había aplastado contra la pared, con su cuerpo. Se detuvo sólo al escuchar los pasos de su madre, que bajaba de su apartamento, situado arriba de la tienda. La mujer había visto el lápiz labial corrido de Anita y había siseado una palabra dura que a Anita le sonó conocida. El español y el italiano tienen algunas palabras en común. Las groserías, por ejemplo, y los insultos.

Eso pasó hace apenas un mes. Desde entonces, Frank le decía que era su chica. La madre le hablaba a Anita sólo para darle órdenes en un inglés entrecortado.

—Es anticuada —le explicaba Frank—. No te preocupes por ella. Hace lo que yo le digo. ¿Esta bién, *bella mia*? Te preocupas demasiado.

El hecho es que Frank era un coqueto. Anita veía cómo se fijaba en las muchachas que entraban a la tienda. Pero si alguna vez le decía algo, él respondía: "Soy amable con los clientes, eso es todo. Pero, Anita, tú eres mi *cara*, mi *dolce*". Además fascinaba a las ancianas. "Le guardé la última rebanada de este pastel de queso, *signora*," le decía a la viejecita de ochenta años que venía todas las tardes a comprar "algo dulce". Siempre le mandaba un beso a Frank, al irse con el dulce que él le había escogido ese día, en una bolsita de papel café. Y cocinaba platillos italianos deliciosos para los tres, aunque la madre prefería comer sola en la cocina. Anita adoraba las cenas románticas a la luz de las velas, los viernes en la noche, después de cerrar.

Anita mira su reloj. Todavía le da tiempo de sentarse en la farmacia de Mario y tomar un refresco. Hace calor, y además tiene que encontrar la manera de decirles a sus padres que no piensa volver. Sabe que lo primero que harán, si no vuelve, será llamar a la policía. Aunque para eso tendrían que dejar de discutir un instante y percatarse de su ausencia. Ésa es una de las razones por las que Anita ha decidido irse a vivir con Frank. Sus padres llevan un año de pleito. Empezó por una rubia oxigenada con la que su padre había tenido una aventura. Era la despachadora en la compañía de taxis donde él trabajaba. Alguien del barrio se lo fue a decir a la mamá de Anita. Hubo una escena en la compañía de taxis. Su padre renunció y desde entonces jura que no la ha vuelto a ver. Pero es como si la madre de Anita no pudiera dejar el tema. Casi todos los días sale con una nueva teoría. Aunque últimamente han empezado a hablar en voz baja, en vez de gritarse. Un cese al fuego temporal, piensa Anita.

Anita se ve en el espejo detrás del mostrador. Con el maquillaje y la ropa adecuada, parece de dieciocho, sin duda alguna. En unos días cumplirá dieciséis años y nadie podrá obligarla a volver a la escuela en el otoño. Estará con Frank, ayudándolo a administrar la tienda. Quizás se casen para Navidad. En su fantasía, imagina una iglesia decorada con nochebuenas y coronas de pino; las damas de compañía vestidas de verde y rojo. Frank no comentó nada cuando Anita le habló de matrimonio, pero está segura de que ése es el plan.

Hasta ahora, lo único que Frank ha tratado de hacer es llevarla arriba cuando su madre anda fuera. Su apartamento es muy oscuro; la madre padece de migraña, así que siempre tienen cerradas las cortinas y las persianas. Los cuartos pequeños están repletos de muebles grandes y pesados, de modo que parece un museo. Hay carpetitas debajo de cada chuchería, y en las paredes cuelgan retratos de personas que parecen momias. Sus ojitos brillantes y suspicaces, parecidos a los de Frank y su madre, ponen nerviosa a Anita: es como si la estuvieran maldiciendo o algo así. Una tarde Frank la llevó a su cuarto, donde había cosas viejas regadas por doquier. Parecían los restos de su infancia: aviones para armar, un juego de carros de carreras, trofeos de beisbol y alteros de historietas. Echó al suelo un montón de ropa que estaba en la cama, y la acostó a su lado. Empezó a desabotonarle la blusa, pero Anita lo rechazó.

—No puedo hacer esto... hoy no.

Anita había creído estar lista para hacer el amor con Frank. Después de todo, sabía que a eso llegaría desde el primer día que la besó, quizá desde la primera vez que la vio a los ojos. Pero quería que fuera diferente: un poco más como ocurría en sus sueños. No en un cuarto desordenado, en una tarde calurosa, con un reloj de cartón en la puerta de la tienda, y el letrero: VOLVEMOS EN QUINCE MINUTOS. No había sido fácil quitarse a Frank de encima esa vez. Le había tenido que mentir, diciéndole que tenía su periodo. Después de eso, siempre lograba escaparse en el último minuto. Para entonces, Anita ya conocía el horario de su madre. La anciana sólo salía para ir a misa o para ver a uno de sus doctores, y siempre tardaba el mismo tiempo en regresar. Pero a últimas fechas Anita había notado que la atención de Frank empezaba a divagar. Seguía to-cándola siempre que podía, pero ya no con la misma intensidad. Sentía que iba a perderlo si no hacía algo pronto. Así que por fin decidió decirle lo que realmente quería.

—Quiero quedarme aquí, contigo —le dijo un día, mientras él le besaba la cara, dejándola pegajosa de saliva, como siempre. Tenía que lavarse la cara y volverse a maquillar varias veces al día. Había visto que la madre le tomaba el tiempo cuando lo hacía, y estaba segura de que era tiempo descontado de su paga.

—Claro, cariño. Claro que te puedes quedar. Te puedes venir aquí, conmigo. Yo me encargo. ¿Pero qué hay con tu viejo? ¿No va a venir a darme un balazo? Mira, yo conozco a estos puertorriqueños, primero disparan y después averiguan. ¿A poco no?

Han pasado apenas unas horas desde que la madre de Frank bajó la escalera cargando una vieja maleta. No le dirigió una sola palabra a Anita al salir a esperar el taxi. Anita vio a Frank agacharse para darle un beso, pero no pudo escuchar lo que decían. Cuando él entró a la tienda, le guiñó un ojo y le dijo:

—Hoy es el día. Esta noche es la noche.

—¿Puedo venir a quedarme contigo? —Anita corrió a sus brazos. Pero en ese momento entraba un cliente. Era la hora del desayuno, y en unos momentos empezarían a llegar los clientes habituales por su taza de café.

—¿Puedo ir a mi casa por algunas cosas? —le preguntó a Frank, que asintió con la cabeza porque había empezado a hablar de deportes con su cliente. Cuando salía le gritó:

—¡Regresa para la hora de la comida! Hoy vamos a tener mucho trabajo.

Y así es como Anita entró esa mañana a su apartamento, a hurtadillas, para meter algo de ropa y algunas cosas en una bolsa. Le había sorprendido encontrar a su padre en casa a esa hora. Su madre y él estaban sentados en extremos opuestos del sofá, sosteniendo lo que parecía una conversación muy acalorada.

—Anita, ¿qué haces aquí? ¿Estás enferma? —Su madre se le había acercado y trataba de tocarle la frente.

—No, es que se me olvidó algo. —Anita rechazó la mano de su madre—. ¿Y él qué hace aquí a estas horas? ¿Renunció?

Su padre la miró como diciéndole que no empezara con problemas.

—He estado viniendo a comer a la casa, Anita. Estoy trabajando en el taller de aquí cerca, así que tengo más tiempo para venir. ¿Algo más que quieras saber?

Anita no dijo nada. Se dirigió a su cuarto. Los problemas de sus padres ya no eran asunto suyo. Iba a empezar a vivir su propia vida. Pero para eso tenía que salir de su casa sin que sospecharan nada. Su plan era llamar a casa cuando fuera demasiado tarde, para que no pudieran hacer nada al respecto... y decirles que estaba comprometida.

—¿Cómo va el trabajo en la tienda de los italianos? —Su madre la había seguido a su cuarto.

—Bien. Va muy bien. Pero si no me llevo mi delantal y estoy de vuelta antes de la comida, lo voy a perder.

—Bueno, hija, nos vemos en la noche. Voy a preparar arroz con camarones para la cena. Sé que te gustan los camarones, así que no vayas a comer nada antes de venir.

Anita sale del apartamento sin que sus padres se den cuenta siquiera. Por una vez en la vida están hablando sin que los vecinos puedan escuchar la conversación a través de las paredes.

Anita bebe el refresco que le ha servido Mirta, la esposa de Mario. Mirta corre del mostrador a la caja cada vez que entra un cliente. La blusa se le ha pegado al cuerpo con el sudor, y trae el delantal manchado de chocolate. Pero parece estar de buen humor, bromea con los clientes. Cuando las cosas se calman, vuelve con Anita.

—Oye, Anita, ¿puedes encargarte de la caja en lo que voy atrás a cambiarme?

Anita asiente. Después observa que en la puerta hay un letrero que dice: SE SOLICITA AYUDANTE.

—Estás muy ocupada, ¿verdad, Mirta? —le pregunta a la joven mujer que se casó con Mario el año pasado. Además de ayudarlo con el negocio, Mirta estudia contabilidad por las noches. Anita ha visto a la pareja en las noches, cuando el letrero de la puerta dice CERRADO, estudiando en una de las mesas de la ventana.

—Sí, necesitamos un ayudante. ¿Ya tienes trabajo para el verano?

—Estoy trabajando en la tienda de Francesco. —Anita vuelve a mirar el reloj. Falta un cuarto para la una. Se baja del banco.

—Más vale que te cuides de ese muchacho, niña —dice Mirta, y le guiña un ojo a Anita mientras se ajusta un delantal blanco limpio.

—¿Por qué? Frank es un buen muchacho —dice Anita, apretándose la bolsa contra el pecho como para proteger su corazón de lo que Mirta va a decirle.

—No digo que no lo sea. Me invitó a salir en *high school*. Él iba en tercero cuando yo entré.

—¿Saliste con él? —Anita no quiere enterarse de las relaciones pasadas de Frank. No son de su incumbencia. Pero parece tener los pies pegados al piso.

—Cariño, hubiera *matado* por salir con ese bombón. Pero a mi madre le habría dado un ataque si llego a meterme con un italiano. Es muy estricta en eso. Además, su mamá es una bruja. Quiere que se case con una muchacha atenta, chapada a la antigua, ya sabes, alguien que los atienda a los dos. Y que la cuide cuando se retire. —Mirta mira a Anita de cerca—. ¿Estás saliendo con él?

—No, para nada, —Anita trata de sonreír, pero se siente un poco sacudida al pensar que hay muchas cosas que ella ignora sobre Frank—. Ya me tengo que ir.

Paga su refresco y se dirige hacia la puerta. Mirta la toma de la mano.

—Anita, ¿estás en problemas?

Anita niega con la cabeza, pero no puede mirar a Mirta a los ojos.

—Vuelve pronto y platicamos. ¿Esta bien?

—Claro. Nos vemos.

Anita sale al pavimento blanco, ardiente, y se aleja lentamente de su cuadra. Cuando llega a la tienda, se vuelve para ver de dónde ha venido. El Building parece pequeño y distante. Escucha a su alrededor palabras en italiano, que suenan casi como el español, pero como si las dijera un niño o un borracho, arrastradas, con demasiadas eles y las vocales donde no van. Pega el rostro al vidrio, debajo de donde dice FRANCESCO'S DELI. Al principio le parece ver que Frank se recarga sobre el mostrador, como si quisiera besar a una muchacha que parece de catorce años. Pero se equivoca. Lo que pasa es que le gusta acercársele a la gente cuando habla, eso es todo. Anita sigue viendo la escena muda en la tienda, mientras se prepara mentalmente para empezar su nueva vida con Frank. No habrá modo de volver atrás.

Obseva a Frank, que sube los codos al mostrador y se sostiene la barbilla con las manos, para ver a la chica directo a los ojos. Anita sabe lo que se siente. La muchacha parece hipnotizada. Tiene el cabello muy delgado, en dos tonos de anaranjado, y sostiene un cigarrillo que ocasionalmente se lleva a la boca. Parece una niña disfrazada de motociclista con *jeans* rotos y un chaleco de cuero negro. Asiente, de acuerdo con lo que Frank le ha dicho. Anita lo ve quitarse el delantal. Mira su reloj, y luego hacia afuera. Parece sorprendido de verla allí, mirando hacia adentro, pero le sonríe. Luego le dice a señas que espere un momento, mientras le da la vuelta al mostrador.

Anita empieza a asustarse, ya no está segura de querer entrar a ese lugar, al territorio de Frank, que acaba de imaginar como una telaraña pegajosa. Sacude la cabeza para ahuyentar este pensamiento extraño.

Él ha llegado a la puerta cuando Anita logra salir de su trance. La pelirroja lo sigue y se recarga contra la pared, cruza los brazos y sostiene el cigarro en la boca. A la luz del día, se ve demasiado pálida y tiene unas ojeras tremendas. Hace una mueca burlona a Anita, que se le ha quedado viendo.

Anita se da la vuelta y empieza a alejarse rápido. No se detiene cuando oye que Frank la llama. Es como si sus pies tuvieran voluntad propia para llevarla de regreso al lugar de donde provino.

—¡Espera! ¿A dónde vas?

—Renuncio, Frank —responde Anita, para su propia sorpresa. No había planeado renunciar, ni nada de esto. Pero ahora le parece absolutamente necesario alejarse de ese lugar.

—¡No puedes renunciar, tengo que salir en la tarde! —grita Frank, que la sigue por la calle—. Cariño, ¿estás enojada? —Frank la alcanza al llegar a la esquina y la toma del codo. Le susurra al oído—: Tengo que ir a ver a un amigo enfermo. Nada más es un ratito, nena. Escúchame. Hoy en la noche podemos estar solos. Mi madre regresa hasta mañana de casa de la tía Lucrezia.

Lo mira incrédula. Luego se zafa y echa a correr.

—Oye, eso es lo que querías, ¿no? Quedarte conmigo.

Frank sigue llamando a Anita, que atraviesa corriendo el crucero que delimita su barrio. A cada paso, El Building crece frente a ella. Siempre ha pensado que el viejo edificio de apartamentos parece una prisión o un manicomio, porque las escaleras de emergencia metálicas que lo rodean, parecen barrotes. Pero en este momento lo único que quiere es que ese lugar se la trague. Quiere estar en su barriga. Sentirse segura en las cuatro paredes de su cuarto, donde podrá empezar a descifrar qué es lo que realmente quiere. Casi se ríe en voz alta, aunque está al borde de las lágrimas, cuando piensa "quiero volver a mi hogar en El Building". ¡Debo estar loca!

Cuando llega a su calle, Anita empieza a caminar más despacio, para recobrar el aliento. Huele el *cuchifrito* de la cocina del almacén de Cheo, y el café con leche que prepara doña Corazón para la multitud que va a la Cafetería de Corazón después de la comida, a platicar con ella y los demás, más que a consumir. Durante el verano, ambos lugares dejan la puerta abierta así que se puede escuchar y oler todo lo que pasa adentro. Pero Mirta ha dicho que se consume mucha electricidad, así que lleva su negocio al estilo americano: con la puerta bien cerrada contra las inclemencias del tiempo. Anita toca en la ventana de la farmacia de Mario y saluda a Mirta, quien está sentada ante el mostrador, leyendo un libro. En la esquina del Building, Anita se detiene a esperar que cambie la luz del semáforo. Ya está más tranquila, pero siente como si apenas hubiera logrado escapar de un desastre. Al subir las escaleras hacia su apartamento, a sus padres, que hablan agitados y se mueven por el apartamento. Se detiene un momento frente a la puerta para tratar de escuchar lo que dicen, pero no distingue las palabras. Podrían estar peleando o podrían estar bailando, no hay modo de saber desde afuera. Luego, Anita respira profundamente y vuelve a entrar en su vida.❖

Globos blancos

❖ RICK SANCHEZ había muerto, y nadie en el barrio lo sabía ni le importaba. Yo me había enterado sólo porque lo llamé por teléfono, y en la contestadora había un mensaje de despedida del mismo Rick. Decía que para cuando alguien escuchara el mensaje, él habría muerto. Nos encargaba mucho a ciertas personas del barrio que termináramos el proyecto que empezamos juntos. No pude contenerme, al oírlo decir mi nombre empecé a llorar. "Y Doris, ya que has decidido dejar de ser invisible todo el tiempo, ojalá puedas evitar que los demás desaparezcan", decía.

Ése era nuestro chiste privado. Verán, cuando Rick llegó al barrio para iniciar un grupo de teatro, yo me había quedado al margen, como acostumbro, observando, tratando de no llamar la atención. Pero Rick me cambió. La historia empezó cuando Rick se presentó en nuestro edificio con su BMW nuevo. Empezó a llamar a las puertas, para convencer a la gente de que apoyaran su idea de hacer un grupo de teatro juvenil, que él pensaba costear. Rick tenía mucho dinero, aunque había empezado en el barrio, como nosotros.

Pero nuestros padres, o al menos la mayoría, nos dijeron que no nos acercáramos a él ni a su amigo Joe Martini. A nosotros —es decir, a los jóvenes del barrio— ni falta hacía que nos advirtieran de no meternos en proyectos tontos como una obra de teatro, y menos ahora que estábamos de vacaciones, pero yo tenía curiosidad de saber por qué mi padre se ponía colorado cuando alguien mencionaba el nombre de Rick Sánchez. Si le preguntaba algo, papi me respondía que Rick Sánchez no era uno de los nuestros. Me reuní con Sandi, Teresa, Arturo y algunos otros, y dijeron que a ellos les había pasado lo mismo en sus casas. Claro que nos bastó con una mirada a Rick y a su "socio", Martini, para comprender qué molestaba tanto a nuestros padres. Digo, no es que anduvieran agarrados de la mano ni que se besaran en público ni nada que hayamos visto. Los espiamos desde la escalera de emergencia afuera del apartamento de Connie Colón, desde donde teníamos una vista espléndida de la calle frente al edificio, y del terreno bardeado en la parte de atrás, donde Rick y su amigo tomaban medidas para construir un escenario exterior. Pero resultaba evidente que *eran* una pareja.

Connie hizo una imitación bastante graciosa del modo de caminar de Martini. A mí no me parecía que él caminara así para nada, pero Connie empezó a caminar con pasos muy chicos y a mover las caderas de un lado a otro, que es más bien *su* modo de caminar, sobre todo frente a los muchachos. Me reí y me uní a la diversión de todos cuando Teresa contó algunos "chistes de pervertidos". Pero luego advertí que Arturo se ponía incómodo. Es el único muchacho que se porta de manera decente frente a las chicas, así que traté de cambiar de tema.

—¿Vieron el carro? —dije señalándolo. Estaba estacionado justo enfrente del edificio. Desde donde estábamos parecía una especie de joya negra brillando bajo el sol.

—Más vale que no lo descuide —dijo Arturo, con su voz suave—. Apuesto que hasta los tapones de las llantas valen una fortuna.

—Rick Sánchez vivía aquí, ¿no? —preguntó Teresa.

—Mi mamá dice que es el hijo de una anciana que murió hace un par de años. ¿Cómo se llamaba? Leía la fortuna en las cartas

Siempre se podía contar con Connie Colón para enterarse del pasado, presente y futuro de todo el mundo. Era como una enciclopedia ambulante de chismes del barrio.

Esperamos a que Connie nos diera los detalles sobre la juventud de Rick, y no nos decepcionó. Connie se sentó en el marco de la ventana, y todos nos acomodamos en la escalera de emergencia, a cuatro pisos de donde Rick y Martini tomaban medidas en el lote baldío. Parecían aves tropicales con sus camisas de colores brillantes. Cuando alzaban los brazos para señalar, el viento hacía que las mangas anchas aletearan.

—Mi madre me contó que el padre de Rick Sánchez se fue de su casa cuando él era niño. Luego Rick tuvo muchos problemas en la escuela. Verán, Rick era diferente a los otros chicos, ustedes saben a lo que me refiero. Luego huyó de su casa cuando tenía quince o dieciséis años. No volvieron a saber nada de él, hasta que lo vieron en la televisión, en un anuncio de un musical de Broadway.

—Así se como se hizo rico. Es actor.

—Quería saber el nombre del musical porque me encantan las obras de teatro y las películas. No es que sea experta ni mucho menos. Lo único que veo en escena cada semana es a la gorda de la directora, que se pone a berrear en el micrófono y a decirnos cosas importantes como que el *graffiti* en las paredes de los baños es una vergüenza para nuestra escuela. La representación de una obra de Shakespeare que hacemos cada año en la primavera suele ser bastante terrible, pero este año a Arturo le tocó el papel de Romeo y lo hizo bastante bien. Realmente admiro a Arturo por haberlo hecho. Tuvo que soportar muchas majaderías de Luis Cintrón y los otros muchachos de por aquí, sobre todo de ese Kenny Matoa, que se siente muy rudo.

Connie esperó a que le rogáramos un poquito más y continuó:

—En fin, el caso es que Rick tenía prohibido venir a su casa hasta que murió su padre. Luego su mamá se puso muy grave. Mami me contó que Rick le mandaba dinero y que la fue a ver al hospital. Es todo lo que sé.

—Mi padre me contó algo. —Me sorprendió mucho oír a Arturo. Detesta los chismes y cuando empiezan a hablar mal de alguien, por lo general se marcha—. Me dijo que Rick Sánchez tiene SIDA. —Arturo dijo esto casi en un murmullo. Luego volteó a ver a los hombres en el lote baldío, con tal expresión de, que todos nos quedamos callados unos minutos.

—¿Y por qué quiere venir a pegárnoslo? —preguntó de repente Connie, tan fuerte que pensé que nos habían escuchado allá abajo.

—Connie, ¿eres tonta? No es tan fácil contagiarse de SIDA, ¿sabes?

—dijo Sandi—. ¿Pero a *qué* habrá venido?

Pensé en la vida de Rick aquí en el barrio, como un muchacho "diferente". Sé por experiencia que una vez que te sientes rechazado aquí, tienes básicamente dos opciones: irte de tu casa o tratar de volverte invisible, como yo. Imaginé que muchachos como los *Tiburones* se habrán divertido de lo lindo persiguiendo y molestando a una persona como Rick. Me imaginaba con claridad la burla que le habrán hecho por su ropa, su modo de caminar o hablar, y sobre todo por no ser muy *macho*, hasta que un día se hartó. Entendí por qué había huido, y me dio gusto que hubiera triunfado en la ciudad, pero también tuve que preguntarme por qué había regresado.

Nos enteramos en una carta que puso en cada uno de nuestros buzones. En la primer línea, decía que era seropositivo, que no era ningún secreto, y que un médico lo atendía. Quería pasar lo que le quedaba de vida organizando un grupo de teatro en el barrio. Le pagaría a los actores y al personal, y también necesitaba tramoyistas y trabajadores que ayudaran a construir un escenario exterior. Como las vacaciones de verano apenas comenzaban y a la mayoría nuestros padres nos habían ordenado que buscáramos un trabajo, llegó mucha gente a la primer reunión convocada por Rick. Tuvo lugar en la Cafetería de Corazón, un almacén del barrio. Doña Corazón corría un gran riesgo al permitirla. Si nuestros padres decidían boicotear su tienda, quedaría arruinada. Pero doña Corazón siempre hizo lo que le dio la gana. Nos dieron refrescos a todos, y su ayudante, Inocencia, la india peruana, nos despejó un espacio en el almacén, para que nos pudiéramos sentar. Hasta Luis y Matoa se presentaron, pero por sus expresiones sarcásticas, pude ver que causarían problemas.

Rick y Martini esperaron a que entráramos. Rick era un tipo muy guapo, aunque algo delgado. Martini estaba fornido. Digo, tenía un *cuerpazo*. Y cuando sacó su sonrisa de anuncio de *Pepsodent,* daban ganas de ponerse lentes oscuros. Creo que todos nos les quedamos viendo. Vi que Luis le dio un codazo a Matoa, y ambos se rieron. Rick sólo se les quedo viendo, sin sonreír, hasta que se sentaron en el suelo como los demás. Pero no bastó con eso para aplacarlos. Los vi poniendo caras, haciéndose ojitos el uno al otro como si fueran niñas. Me pregunté por qué Rick no los corría.

Pero ésa no era su manera de hacer las cosas. Nos explicó en qué consistía su proyecto y nos repartió unos papeles que nuestros padres tenían que firmar si queríamos trabajar con sueldo. El sueldo no era nada del otro mundo. Yo podía ganar más ayudando a limpiar el centro nocturno donde trabajaban mis padres, que además es lo que hacía todos los sábados por la mañana. Sabía que Teresa podía volver a conseguir su empleo en el parque, y en el verano doña Corazón siempre contrataba muchachos para que ayudaran con las bolsas en el almacén. Pero me gustaba la idea de un teatro sólo para nosotros.

—Me gustaría que todos ustedes vieran una obra de verdad en Broadway —nos dijo Rick en la junta—. Habrá boletos para ustedes para la matiné del sábado 10 de agosto. Tendrán que tomar el autobús para ir a la ciudad, pero Joe y yo los estaremos esperando allá. Más adelante les daremos los detalles, ¡estén pendientes del correo!

Rick hablaba con voz de actor y hacía muchos aspavientos. Esto hizo que algunos de los muchachos echaran a reír como locos. Joe Martini cruzó sus musculosos brazos y frunció el ceño, mirando fijamente a Matoa, quien se revolcaba en el suelo, como un perro. Pero Rick sólo esperó a que todos se calmaran.

—Hemos solicitado un permiso para construir un escenario en el lote baldío que está atrás de su edificio, el lote bardeado. Los que quieran hacer un poco de trabajo manual, que por supuesto, se les pagará, deberán presentarse con su permiso firmado mañana a las ocho y media de la mañana en punto. Eso es todo, amigos.

Colgada del brazo de Matoa, Yolanda anunció que no pensaba realizar ningún tipo de trabajo manual, pero que le interesaba el papel protagónico de la obra. Siempre decía que para eso había nacido.

—Estos muchachos me dan miedo. No me voy a quedar a ayudarlos por unos miserables dólares —dijo Matoa, y se fue con Luis, seguidos por otros miembros de los *Tiburones*.

—¿No quieren salir en la obra? —les gritó Yolanda, pero ya iban corriendo por la calle, destapado los botes de basura a patadas, como si fueran *Ninjas* locos.

Al final, los únicos que quedamos frente a la Cafetería de Corazón, con nuestros permisos por firmar en la mano, éramos Arturo, Yolanda y yo. Los otros los habían tirado a la basura. Hasta Yolanda tenía dudas, a pesar de sus grandes sueños de ser una estrella. Pero le dije —aunque desde aquel episodio cuando trató de robarse algo de una tienda ya no éramos tan amigas como antes— que lo menos que podía hacer era intentarlo. Digo, a ella la actuación se le da en forma natural; todos hemos visto sus "representaciones" frente a los maestros: siempre la sacan de aprietos. Al menos una vez debería usar ese don para algo bueno .

Yo me quedé cuando todos se habían ido. Quería ver a estos tipos más de cerca, ver si eran de veras, sobre todo Rick Sánchez. Para todo lo que había hablado, se veía un poco tímido.

Salieron juntos, pero Rick fue quien se acercó al basurero y recogió un manojo de permisos que los demás habían tirado. Luego me sonrió:

—¿El tuyo también está en este archivo?

—No.

—Parece que no les interesa mucho nuestro proyecto, ¿verdad?

—No hay que darnos por vencidos tan fácil, Rick. —Martini le puso la mano en el hombro. Yo notaba lo desanimado que estaba Rick por la manera en que veía los papeles que había repartido, regados junto al basurero. Martini se agachó y los empezó a recoger. Era obvio que hacía un gran esfuerzo por animar a Rick. Lo ayudé a meterlos al bote.

—¿Cómo te llamas? —me preguntó.

—Doris.

—Pues dinos, Doris, ¿qué posibilidades crees que tengamos de hacer nuestro proyecto?

Me miró fijamente al hacerme esta pregunta, e interrumpió lo que estaba haciendo. Rick se acercó. Sentí que de alguna manera mi respuesta era importante para estos tipos.

—Creo que la gente necesita algo de tiempo para pensarlo. A algunos de mis amigos y a mí nos gusta la idea de hacer un grupo de teatro. Pero...

No sabía muy bien cómo decirlo para no herir sus sentimientos, que a mis padres no les iba a gustar la idea de que dos homosexuales organizaran actividades para adolescentes. Rick asintió, mirando a Martini, como si hubiera esperado oír lo que no me atreví a decir.

—Entendemos, Doris. Tus padres dirán que no, tus maestros dirán que no, todo el mundo nos pondrá alguna objeción. Pero creí que podríamos empezar algo... ¿Sabes?, yo crecí en este barrio.

—Lo sé.

—Me imagino que eso lo hace aún más difícil, ¿no? El barrio nunca olvida y el barrio no siempre perdona.

—¿Qué te tienen que perdonar, Ricky? ¿Que seas tú mismo? —Martini le sonrió a Rick.

—Que sea diferente —dijo Rick volviéndose a mí—. Conoces mi historia, ¿verdad, Doris? Estoy seguro de que han estado hablando de mí.

—No le contestes, Doris. Rick y yo quisiéramos oír buenas noticias para variar —dijo Martini—. Así pues, ¿qué crees que debamos hacer con lo del grupo de teatro?

—Regresen en una semana —respondí, sorprendida de mi propia seguridad. De pronto quise saber si realmente era un crimen tan grande ser diferente en nuestro barrio. ¿Era tan limitada la gente que no aceptaría a uno de los suyos si no vivía como ellos?

Así que me fui a mi casa y le pedí a mi madre que firmara el permiso, sin darle demasiados detalles. Pero mi padre se lo arrebató y lo quemó con su cigarrillo. Lo vimos arder en el cenicero.

—No quiero volver a oír hablar sobre este asunto —dijo, y se fue de la sala. Mi madre vino a sentarse junto a mí.

—Se preocupa por ti, Doris. Sabes que Sánchez está enfermo, ¿no?

—Todos lo saben, mami. Lo puso por escrito, ¿recuerdas? Rick no trata de ocultarnos nada. Sólo quiere hacer algo bueno para nosotros.

—Pues ya oíste a tu padre. No quiero hablar más sobre el tal Rick Sánchez.

A pesar de las objeciones de mis padres, o quizá porque pensé que eran injustos al rechazar a Rick cuando ni siquiera lo conocían, sentí la necesidad de ponerme de su lado. Supongo que me podía identificar con la figura del extraño. El barrio quería que desapareciera: algo que yo sabía hacer muy bien. Desaparecer y perderse en el fondo era un talento que también yo había desarrollado. Así que llamé a Arturo. Le dije que pensaba seguir en contacto con Rick y Martini, a ver si siquiera lograba convencer a mi madre. Me contó que su madre se había puesto como histérica cuando le pidió que firmara el permiso. Había amenazado con llamar a la policía si veía a Arturo juntarse con Rick y su novio. Pero él tampoco se iba a dar por vencido. Dijo que la madre de Yolanda había firmado el permiso sin leerlo siquiera. Ella siempre anda en las nubes, o hablando con los muertos en alguna sesión espiritista en el barrio. Así que Yolanda podía hacer más o menos lo que se le daba la gana. Esto significaba que por lo menos habíamos tres personas interesadas en el proyecto.

Volvieron a la semana. Bajé corriendo cuando vi el BMW estacionado frente al lote. Martini estaba parado en la reja mirando a Rick, que hablaba del teléfono público afuera de la farmacia de Mario. Parecía estar discutiendo. Cuando Martini me vio, movió la cabeza en dirección de Rick.

—¿Qué pasó?

—El dueño del lote dice que ya no lo podemos usar. Lo han estado amenazando por teléfono. —Martini habló suavemente, pero pude darme cuenta de lo molesto que estaba por la forma en que volteaba a ver a Rick una y otra vez—. Esto significaba mucho para él.

—Lo siento.

—Oye, Doris, quizá tú puedas seguir con este proyecto. ¿Qué te parece si tratan de hacer la obra ustedes solos? —La voz de Martini sonaba un poco extraña al decir esto. Como si estuviera haciendo un esfuerzo enorme por no sonar desesperado.

—No creo que funcione. Nadie me va a escuchar. Viste lo que ocurrió el otro día después de la reunión. A la mayoría le parece una idea tonta.

—¿Y a ti, Doris?

Parecía importarle mucho mi respuesta. La mayoría de los adultos te hacen una pregunta, pero después no te escuchan cuando les contestas. Es como si ya supieran tu respuesta y además no les importara tu opinión. Pero Martini me miraba a los ojos, y parecía estar esperando mi respuesta. Además, sentía que Martini cuando me miraba me *veía* de verdad. Escuchaba lo que le decía y me respondía de igual a igual. Podía contar con mi voto. Pero traté de responderle con calma, para no meterme hasta el cuello antes de tener todos los elementos.

—No, a mí no. Tampoco a Arturo, y Yolanda quiere ser actriz.

—¿Lo ves?

Martini tomó mis manos entre las suyas, que eran enormes. Pensé que si algún padre de familia me veía y se lo contaba al mío, me metería en un problema muy serio. Pero era como si se estuviera ahogando o algo así, y parecía creer que yo lo podía ayudar. Lo que quería decirle era que yo ni nadar sabía. Pero él tenía lágrimas en los ojos, así que lo dejé hablar.

—Doris, escúchame. Tú sabes que a Rick ya no le queda mucho tiempo...

—Se detuvo un minuto, como si el decir esas palabras hubiera sido demasiado para él—. ¿Qué tal si le digo que tú vas a seguir con nuestro proyecto? Nos puedes llamar de vez en cuando para decirnos cómo va todo. Yo cubriré todos los gastos, todo lo que haga falta. ¡Oye! ¡Te acabo de ascender a productora! ¡Qué te parece!

Siguió hablando todo el tiempo que Rick estuvo al teléfono, haciendo planes para mí, mientras grandes lágrimas le rodaban por el rostro. Nunca antes había visto a un hombre adulto llorar así y sonreír al mismo tiempo. Supongo que los actores pueden hacer cosas que la mayoría no podemos. En fin, cuando vimos que Rick azotó la bocina y empezó a cruzar la calle hacia nosotros, Martini me apretó las manos y me dijo con voz apurada :

—Por favor di que sí, dulce Doris.

—Está bien. Lo intentaré.

¿Qué más podía hacer?

El rostro enojado de Rick se suavizó, conforme Martini le empezó a contar, hablando muy rápido, que yo iba a reunir a los muchachos y trataría de organizar por mi cuenta al grupo de teatro en el barrio, con su ayuda secreta, claro. Yo percibía que Rick no acababa de creer este cuento de hadas. Después de todo, él había crecido en este vecindario. No es Disneylandia. Pero asintió con la cabeza una y otra vez al discurso Martini, quien hablaba como si quisiera convencerlo de que él estaba convencido. Caray, con los adultos las cosas siempre se complican. Casi nunca se dicen lo que piensan o sienten en verdad. No es como cuando una amiga mía se enoja conmigo. Lo primero que sale de su boca es "¡púdrete!", o algo peor. Lo mismo si nos caemos bien, no tratamos de ocultarlo, nos la pasamos juntas. ¿Cuando creces, le pasa algo al cerebro que te hace dar tres vueltas antes de decir lo que quieres? En fin, me quedé allí parada, viendo a Rick y a Martini tratando de hacer de cuenta que las cosas estaban bien, cuando en realidad todo había terminado. Finalmente, Rick se dirigió hacia mí:

—Doris, te agradezco mucho que te encargues de la obra. No te arrepentirás. Ven a la matiné en agosto. Es un día antes de mi cumpleaños, y me gustaría celebrarlo. Ve cuántos más quieren venir, ¿sí?

—Claro

Apenas era el mes de junio y no podía pensar con tanta anticipación. Además, no me creía capaz de hacer todo lo que esperaban de mí. Pero sí quería ir a ver una obra de verdad. Quizá lograría convencer a mi madre por lo menos de dejarme ir a eso. Así que le prometí a Rick que allí estaría.

En el curso de las siguientes semanas, hice mi mejor esfuerzo para interesar a la gente en el proyecto de Rick, que Arturo y yo habíamos bautizado con el nombre de Grupo de Actores del Barrio. Hasta ahora, sólo estábamos él, Yolanda y yo, y escribíamos una obra sobre dos personas que se enamoran en el barrio, pero sus familias se detestan y no los dejan casarse y al final una de ellas muere. Arturo conocía muy bien la historia de *Romeo y Julieta*, y estábamos leyendo el guión de *Amor sin barreras*, pero nuestra obra iba a ser diferente: más como en la vida real. Pero entre los tres nos habíamos repartido todos los papeles, y no iba a funcionar. Así que diseñamos unos volantes anunciando una audición y se los mandamos por correo a Rick, quien les sacó copias y me las envió. Por suerte, mis padres son músicos y duermen hasta tarde, así que yo siempre recojo la correspondencia. Logramos que Teresa y Sandi (que arrastró a Paco, su novio, con ella) nos ayudaran por lo menos a repartir los volantes por el barrio, así que le pude decir a Rick por teléfono que ya había más personas interesadas. Pero Arturo y yo sabíamos que no iba a ser fácil. La gente tiene cosas más importantes que hacer que ponerse a montar obras de teatro, como ayudar a sus familias a juntar lo del gasto o comprarse ropa antes de que empiece la escuela. Pero todos los días hablaba una persona diferente, sólo para preguntarnos de qué se trataba, y hasta mi madre ofreció pedirle al dueño del Caribbean Moon que nos dejara usar el escenario para nuestras audiciones los sábados en la mañana. De vez en cuando, sentía que algo parecido a la emoción empezaba a crecer dentro de mí.

Tuve largas conversaciones telefónicas con Rick. Me molestaba que tratara de sonar normal, aunque hubiera veces que tosía tanto que no podía ni respirar y tenía que darle el teléfono a Martini. Pero siempre me preguntaba por mí y por los otros chicos. Hace falta ser muy valiente para preocuparse por los demás cuando te estás muriendo. Es algo que impone respeto. Después de un tiempo, empecé a pensar en él como si fuera mi hermano mayor, alguien a quien podía confiarle cualquier secreto, por tonto que pareciera. Le confesé que siempre había tenido la creencia de que podía hacerme invisible. No era lo suficientemente bonita para llamar la atención, ni tenía una gran personalidad, ni algún talento, que yo supiera, como mis padres, que sabían cantar y tocar instrumentos musicales.

—Tú y yo nos parecemos mucho, Doris —me dijo Rick en una ocasión—. Cuando estaba creciendo, quería ser invisible porque sabía que era diferente a los demás chicos, y porque mis padres se avergonzaban de mí. Pero más tarde descubrí que había personas que no pensaban así sobre mí. Como actor, pude tratar de ser todas esas personas que pensé que podía ser.

—¿Y qué papel disfrutaste más? —le pregunté. Aunque ya conocía la respuesta, quería que él me lo dijera.

—Me siento bien con ser yo mismo. Tengo que trabajar mucho para convertirme en otra persona. Tienes que sentirte a gusto en un disfraz de gorila. ¿Me entiendes? Doris, ¿en este momento eres invisible?

Tuve que pensarlo. Para mí, ser invisible significaba pasar inadvertida, como un mueble: que está allí y a la vez no está. Algo en lo que piensas sólo cuando lo necesitas. Al hablar con Rick me sentía plenamente tridimensional.

—Creo que estoy completa —le dije, sintiéndome un poco tonta por todo el asunto de "ser invisible"—. Pero temo que si las cosas no salen bien la gente me lo echará en cara.

—Bueno, pues si no salen bien, quizá puedas volver a desaparecer.

—Creo que he perdido esa capacidad —le dije, porque sabía que estaba bromeando.

—¿Pero has descubierto otra?

Rick nunca daba lecciones. Principalmente hacía preguntas, o a veces decía cosas en las que me quedaba pensando varios días. Como esta cita de Don Quijote, que era su lema: "Sé quien soy, y quién puedo ser, si así lo decido".

Era curioso conocer a alguien por teléfono. Era como hablar con una misma, o tener una voz en la cabeza que sabía más que tú. Pero para julio Rick ya no podía hablar por teléfono. Martini y yo hablábamos todos los días, y pude contarle

que teníamos programada una audición enorme, porque una monja de Saint Mary, la maestra de teatro, había encontrado uno de nuestros volantes y había hecho que los alumnos de una de sus clases se ofrecieran de "voluntarios" para la audición. No habíamos esperado ver a un grupo de niños católicos con sus gorras y sus uniformes formados afuera del Caribbean Moon. Iba a ser interesante.

—¡Una monja! ¿En serio? —se rió Martini—. A Rick le encantará saberlo. Gracias, Doris.

Yo andaba más ocupada que nunca, y cuando me di cuenta ya había pasado el mes de julio. Llamé a Martini para hacer planes y encontrarnos Yolanda, Arturo y yo con él para ir a la matiné de *Cats* en la ciudad. Dijo que allí estaría, y que Rick me mandaba su amor. Después hubo un momento de silencio en el que no le pregunté si él pensaba venir con nosotros, y Martini tampoco respondió la pregunta que no hice. Ambos sabíamos que no.

Los tres caminamos a la estación de autobuses en el centro. Era un día caluroso y húmedo, y yo sentía como si caminara bajo el agua. Por otro lado, no podía de dejar de pensar en Rick, en lo solo que debía sentirse sin su familia, conforme se ponía más y más grave. Arturo también estaba más callado que de costumbre. Pero Yolanda no dejó de hablar todo el camino. No podía creer cuánta gente se había registrado para la audición de la semana entrante. También le preocupaba que los *Tiburones* fueran a ahuyentar a los pocos muchachos que se hubieran inscrito. Luis prometió no meterse, por conducto de Naomi, su novia, quien quería salir en la obra; pero a Matoa le pareció una buena oportunidad para crear problemas. Yo decidí preocuparme por las audiciones después. Tenía otras cosas en qué pensar.

Arturo y yo habíamos tenido que discutir con nuestros padres para que nos dejaran ir a la matiné. Tuvimos que jurar por todo lo que se les ocurrió que de ningún modo Rick Sánchez estaría cerca de nosotros, y que si no llegábamos a la hora acordada, podían llamar a la Guardia Nacional. No era tanto mami. Ella sabía cómo estaban las cosas; digo, todo este tiempo yo había andado muy ocupada y no había estado en la casa para quejarme como siempre. Ella me ayudó al impedir que papi se entrometiera en lo de los Actores del Barrio, y nos consiguió el Caribbean Moon para las audiciones. Celebró con una carcajada que la monja de Saint Mary fuera a llevar a su grupo a audicionar. Pero se había encargado de dejarme muy claro que todo su apoyo terminaría si yo me involucraba personalmente con el "pobrecito de Rick Sánchez", a quien compadecía y temía al mismo tiempo. Nuestros padres pensaban que Rick era una especie de bomba que podía estallar y matarnos a todos con la enfermedad que llevaba dentro.

Martini estaba parado frente al teatro. Nosotros llegamos caminando, el autobús nos había dejado a unas cuadras. Parecía una estrella de cine, vestía un traje oscuro y llevaba lentes para sol. Todas las personas de la fila se nos quedaron viendo cuando nos llevó directo a la taquilla, donde había un sobre de boletos con mi nombre escrito a máquina. Nuestros lugares eran magníficos. Martini se sentó junto a mí y me dijo que Rick había hecho el papel de uno de los gatos en la obra.

—¿De cuál? —le pregunté, pero me dijo que viera la obra y que después adivinara.

Fue una de las experiencias más asombrosas de mi vida. Los gatos corrían y los ojos les brillaban en la oscuridad, y uno de ellos rozó mi cabeza. Las canciones me pusieron la carne de gallina en todo el cuerpo, y se me erizó el cuero cabelludo cuando le cantaron a la luna. Vi que Yolanda se reclinaba hasta estar casi de pie. Tuve que darle un jalón para que se volviera a sentar y me dejara ver. Arturo estaba allí sentado, más callado que nunca, pero me di cuenta que contenía la respiración y suspiraba mucho. Lloré cuando terminó la función. Creí saber qué gato había interpretado Rick: el gato sabio, el que decía que existe un mundo mejor, más allá del callejón peligroso y el tiradero sucio.

Después de la función, Martini me dio un sobre.

—Es de Rick. Es una carta de despedida para los Actores del Barrio y un cheque para que hagan una fiesta para el elenco. Mañana es su cumpleaños, Doris —la voz de Joe estaba deshecha, como si hubiera pasado horas y horas hablando, y ahora tuviera que esforzarse mucho para decir algo—. Rick nunca tuvo una fiesta de cumpleaños en su barrio. —Era la primera vez que lo escuchaba hablar con amargura. Me hizo pensar que algo tan pequeño como una fiesta de cumpleaños que nunca tuviste, puede llegar a significar mucho.

En cuanto llegué a casa, llamé a Rick para darle las gracias por los boletos y el cheque. Entonces escuché su mensaje en la grabadora. No lo podía creer: Rick había muerto y Joe Martini no había dicho ni una palabra. Traté de imaginarme cómo debió haber sido para él al final. Sin que su familia estuviera allí para consolarlo. Alguien debió decirle "te amo" en español, para recordarle que había nacido puertorriqueño, un muchacho del barrio como nosotros. Lloré por Rick y dije al teléfono lo que creí que él tendría que haber escuchado. Dije su nombre en español, Ricardo. Adiós, Ricardo. Colgué el teléfono y me puse a pensar qué podría hacer por Rick, en su memoria. Decidí hacer algo mucho más grande de lo que Rick jamás hubiera esperado de la gente del barrio.

Le dejé un mensaje a Martini en la máquina; luego llamé a Yolanda y a Arturo.

Si hay algo que la gente del edificio no puede resistir, es una fiesta. Cualquier pretexto es bueno. Hacemos fiestas para celebrarlo todo: nacimientos, bautizos, cumpleaños, bodas, despedidas, bienvenidas, el simple hecho de que alguien tenga unos dólares de más para gastar, incluso me han tocado funerales que tampoco fueron aburridos. Así que con la ayuda de Teresa, Sandi y algunas personas más en quienes confío, pusimos invitaciones en todos los buzones y metimos una segunda por debajo de todas las puertas, para estar seguros de que a nadie se le pasara. Decía simplemente: "Fiesta en la azotea. Mañana a las 5:00 P.M." Era un sábado a medio verano, así que era seguro que todos estarían en sus casas, sin nada que. hacer más que sudar. La azotea era un buen lugar para hacer la fiesta. Claro que debía lograr que Tito, el portero de nuestro edificio, nos dejara entrar. Pero es el mejor amigo de mi viejo y es mi padrino, así que cuando le prometí que nosotros nos encargaríamos de limpiar después de la fiesta, accedió y subió a abrirnos. Era un lugar fantástico. Un espacio muy amplio, cubierto sólo por el cielo. Las palomas lo ensucian, así que tuvimos que darle una buena barrida y después enjuagarlo con la manguera, pero cuando llegaron las sillas y mesas rentadas por Martini, y las arrastramos cincuenta mil escalones para llegar a la azotea, el lugar empezó a adquirir un aire como de película de Hollywood. La gente empezó a intrigarse cuando llegó un camión de la florería y trajo un enorme ramo de rosas rojas. Yolanda le dijo "gracias, viejo", al chofer que ni siquiera le sonrió, y luego se puso las flores en la cara para olerlas, como si fuera la Señorita Estados Unidos. Estornudó trece veces seguidas, Arturo y yo las contamos en voz alta. Pusimos una rosa en cada mesa en un vaso de papel blanco, y el lugar se veía elegantísimo.

Después llegó el pastel y la máquina de refrescos. Martini había hecho todo lo que le había pedido al pie de la letra. Dejamos el pastel en su caja y lo pusimos en la mesa del centro.

Yolanda, Arturo y yo nos tomamos un momento para contemplar nuestra obra. Perfecto. Habíamos cerrado la puerta con llave para evitar que los elementos nefastos, como mami llama a Matoa y a otros muchachos, llegaran a molestarnos. Ahora teníamos que ir a arreglarnos, para regresar a atender a nuestros invitados.

En casa, mi madre se quedó parada en la puerta de mi cuarto y me miró con una expresión extraña. Le había pedido que me prestara su vestido rojo, el de hombros caídos con una falda como paraguas, que ella usa para cantar mambos. Me quedaba perfecto. Es sólo que ella nunca me había visto vestirme así. No me gusta ponerme muy elegante. ¿Por qué habría de hacerlo? No voy a ningún lado para presumir. Pero esto era distinto. No lo hacía sólo por mí. Me puse lápiz labial, me peiné con *mousse,* y estaba lista para salir. Me abrazó cuando pasé junto a ella.

—Dorita, ¿quieres que cante en tu fiesta?

Ahora *eso* sí que era raro. Mami jamás se ofrecía a cantar. Como ha tenido que cantar tanto, siempre considera que las canciones y todo lo relacionado con la música, es únicamente parte de su trabajo.

—¡Sí! —le contesto rápidamente, antes de que cambie de parecer.

—¿Alguna complacencia?

—*Las mañanitas*. ¿Todavía te la sabes?

—Sí, me la sé. Pero es una canción de cumpleaños

—¿Podrías cantarla cuando te la pida? Y no más preguntas por ahora, ¡por favor!

Me miró muy seria un minuto, antes de responder:

—Lo haré por ti, hija. Y no te preguntaré nada —me dio un beso—, por ahora.

Tuve que abrirme paso entre la fila de personas que subían las escaleras, camino a la azotea. La puerta estaba cerrada y yo tenía la llave. Los dejé entrar y empezaron con la fiesta de inmediato. Digo, entraron en ambiente antes de siquiera poder decir "fiesta".

Mi plan era dejar que todos comieran, bebieran y se relajaran, y después les diría el motivo de la fiesta.

Me estaba poniendo un poco nerviosa al repasar mentalmente mi pequeño discurso. ¿Qué haría si la gente se enojaba? ¿Qué tal si por mi culpa se empezaban a pelear? Empecé a desear ser invisible otra vez. Pero era demasiado tarde. Llevaba un vestido rojo brillante. Iba de un lado a otro con una bandeja de galletas. No era invisible. Arturo se acercó a decirme:

—Viene subiendo un payaso por las escaleras. ¿Doris? —Arturo esperó una explicación, pero yo negué con la cabeza. Ya lo descubrirían todos a su debido tiempo. Se encogió de hombros y se alejó. Arturo tiene un límite para la cantidad de palabras que está dispuesto a gastar en cada situación. Ésa es una de las cosas que me gustan de él. Te deja hacer lo tuyo, y le gustaría que los demás hicieran lo mismo con él.

Miré alrededor: quería que todos estuvieran presentes antes de poner en marcha la siguiente etapa de mi plan. Vi a Matoa, a Luis y a otros *Tiburones* en una orilla, asomados peligrosamente sobre el barandal. Tito ya se dirigía hacia ellos para decirles un par de palabras, se le veía por la expresión de rabia, pero me le adelanté:

—Kenny Matoa, si me estropeas las cosas, yo me encargaré personalmente de fundirte la cara, no vas a necesitar echarte de la azotea.

—Uuy, Kenny, ¿estás asustado? —Varios muchachos se pusieron a aullar y a burlarse de mí. Pero se alejaron de la orilla y fueron a la mesa donde estaba la comida. El corazón se me salía del pecho; yo misma me había sorprendido.

Yolanda saltaba de un lado a otro, contándole a quien la escuchara que había ido a ver *Cats*. Teresa servía el ponche, y los demás andaban por ahí. Mi madre había subido con su grupo de amigas, y se oían carcajadas desde su mesa. Papi se había acercado a Tito, que estaba con los *Tiburones*. Era una multitud ruidosa y contenta. Una buena fiesta.

Ahora la gente volteaba a ver al payaso, vestido todo de blanco, con la cara pintada de blanco y el pelo rizado blanco. Sólo tenía los ojos y la boca delineados con negro brillante. En sus mejillas había dos grandes lágrimas negras. Llevaba un manojo de grandes globos blancos, inflados con helio, que llevaban algo escrito. Me guiñó un ojo. Le sonreí y se acercó a darme un globo.

Me empezaron a temblar las rodillas y sentí tanto miedo que creí desmayarme. Pero respiré profundamente y arranqué con mi pequeño discurso:

—Lo que hemos estado celebrando hoy es una fiesta de cumpleaños. Para alguien a quien le hubiera encantado que lo celebraran sus amigos y vecinos del barrio. No le es posible acompañarnos, pero nos manda su amor. También quiero decirles que algunos de los jóvenes del barrio vamos a montar un espectáculo en el Caribbean Moon. El sueño de Rick era que hubiera un grupo de teatro en el barrio, y ahora se ha hecho realidad. Somos los Actores del Barrio —y al decir esto, todos los jóvenes involucrados en el proyecto de Rick, vinieron a pararse junto a mí, según lo planeado. Ése era el pie de Arturo para sacar el pastel de la caja y mostrarlo a todos. Decía: "Feliz Cumpleaños, Rick Sánchez".

Hubo algunos aplausos de mi madre y de algunas otras señoras cuyos hijos participaban en nuestro grupo. Pero la mayoría de la gente sólo nos observaba. Sentí cómo crecía la tensión, mientras el payaso repartía un globo blanco a cada invitado. Pero nadie lo rechazó, aunque vi que mi padre bajó los ojos y miró la ciudad con una expresión malhumorada. Sabía que él nunca llegaría a aceptar a una persona como Rick Sánchez, pero también que entendería a su modo lo que tratábamos de hacer. Cuando todas las personas tenían un globo, el payaso se dirigió hacia mí y me dijo al oído:

—Tus palabras fueron muy bellas, Doris.

Luego empezó a escucharse un leve rumor, las palabras molestas que la gente empezaba a decir y el ruido que hacían al encaminarse hacia la puerta. Pero antes de que otra cosa sucediera, mi madre vino, se paró junto a mí y empezó a cantar *Las mañanitas* con su hermosa voz. Algunos cantamos con ella, otros no, pero nadie dijo nada y nadie se fue. Me dio gusto que mi madre me tomara de la mano, porque empezaba a sentir que llevaba demasiado tiempo bajo el reflector y me empezaba a desvanecer. Por la firmeza con que sujetaba mi mano, sentí la energía y el valor que hacen falta para cantar frente a los demás. Cada vez que lo haces, te expones al fracaso público. Pero cuando sale bien, mantienes la atención de la gente, y por unos minutos les puedes cambiar la vida. Podía verlo en los ojos de nuestros vecinos, cómo la canción de mami les traía recuerdos, o los hacía volverse unos a otros y sonreír.

Cuando terminó la canción, el payaso soltó su globo y después yo solté el mío. Arturo y Yolanda soltaron los suyos al mismo tiempo, y después lo hicieron los demás chicos del grupo. Todos los rostros voltearon hacia arriba, para ver por encima de la ciudad, sobre las azoteas y el humo gris de las fábricas, hacia el espacio de cielo despejado, donde los globos blancos se movían en la brisa. Fue un momento solemne, como el espacio que se reserva en la iglesia para rezar en silencio, cuando la gente respeta el derecho de los demás de hablarle a Dios en privado. Después doña Iris dio un paso al frente y soltó su globo con una bendición:

—Dios te bendiga, hijo.

La mayoría respondió "amén". En un momento, el cielo morado, azul y anaranjado que nos cubría, se llenó de globos blancos que llevaban el nombre "Rick Sánchez" hacia el sol del poniente. Bajo los últimos rayos de luz, todo y todos los que estábamos en la azotea empezamos a brillar con una especie de resplandor dorado, y todo parecía tan tranquilo: como una familia posando para una foto después de una celebración. ❖

Índice

Una isla como tú, historias del barrio de Judith Ortiz Cofer
núm. 99 de la colección A la orilla del viento,
se terminó de imprimir y encuadernar en junio de 2007
en Impresora y Encuadernadora Progreso, S. A. de C. V. (IEPSA),
Calz. de San Lorenzo, 244; 09830 México, D. F.
La edición consta de 3 000 ejemplares.

Una sarta de mentiras
de Geraldine McCaughrean
ilustraciones de Antonio Helguera

—Mamá, lee esto —dijo Ailsa extendiéndole el libro abierto; luego comenzó a caminar por la tienda, al ritmo de los latidos de su corazón. No podía ser. Él existía. Lo había tocado. Tenía que existir. La vida de otras personas había cambiado a causa de él. Hizo un esfuerzo para recordar los diferentes clientes a quienes Era C. había atendido. ¿Dónde estarían? ¿A dónde se habrían ido? ¿A quién acudir y pedirle prueba de su existencia?

Geraldine McCaughrean es una autora inglesa muy reconocida; en 1987 recibió el Premio Whitbread en Novela para niños. En la actualidad reside en Inglaterra.

para los grandes lectores

Una vida de película
de José Antonio del Cañizo
ilustraciones de Damián Ortega

El Jefe del Cielo al fin se decidió a hablar:
—Tomad a cualquier hombre del montón y, ¡sacaos de la manga una vida emocionante y llena de acontecimientos!
Sir Alfred Hitchcock dijo:
—Un caballero inglés siempre acepta un desafío. Me comprometo a transformar la vida del más mediocre y aburrido de los hombres que pueblan la tierra en toda una aventura… ¡UNA VIDA DE PELÍCULA! ¿Queréis participar en la aventura, compañeros? **—añadió dirigiéndose a John Huston y a Luis Buñuel.**

José Antonio del Cañizo vive en Málaga, España. En sus obras combina la corriente realista con el estilo y los recursos de la literatura fantástica: "fantasía comprometida", dice él. Ha obtenido varios premios importantes y sus obras figuran en algunos de los principales catálogos internacionales de literatura infantil y juvenil.

Una vida de película ganó el primer premio del I Concurso literario A la Orilla del Viento.

para los grandes lectores

Cuento negro para una negra noche
de Clayton Bess
ilustraciones de Manuel Ahumada

Este pequeño quiere saber cómo es el mal. Les voy a contar todo acerca del mal. Y también les voy a contar del bien. Es cosa del corazón. Es la gente y lo que la gente hace. Les voy a contar la historia de Maima Kiawú. Llegó en su negra noche, negra como ésta y trajó su mal a nuestra casa. Yo entonces era un niño y las cosas eran diferentes. Kataka era una aldea pequeñita y esta misma casa estaba rodeada de selva, porque el pueblo no había llegado hasta acá a juntarse con nosotros...

Clayton Bess nació en Estados Unidos; vivió en Liberia, en el África Occidental durante tres años; actualmente radica en el sur de California.

La guerra del Covent Garden
de Chris Kelly
ilustraciones de Antonio Helguera

Algo extraño se percibe en el ambiente.
Un olor amargo y siniestro.
Un olor que presagia el cierre del mercado.
Por años las ratas del Jardín
se han alimentado con las sobras del mercado.
Si el mercado cierra para siempre,
la Familia morirá de inanición.
Zim debe de descubrir la verdad.

Chris Kelly es un prestigiado autor inglés. En la actualidad vive en Inglaterra.

para los grandes lectores

Encantacornio

de Berlie Doherty
ilustraciones de Luis Fernando Enríquez

Y de pronto el mundo se iluminó para Laura. Vio el cielo lleno de estrellas. Vio a la criatura, con el pelo blanco plateado y un cuerno nácar entre sus ojos azul cielo. Y vio a los peludos hombres bestia que sonreían desde las sombras.

—¡Móntalo! —le dijo la anciana mujer bestia a Laura—. Encantacornio te necesita, Genteniña.

El unicornio saltó la barda del jardín con la anciana y con Laura sobre el lomo. La colina quedó serena y dormida: Laura, los salvajes y el unicornio se habían ido.

Berlie Doherty es una autora inglesa muy reconocida. En la actualidad reside en Sheffield, Inglaterra.